Elisa Lark

Eine tödliche Kreuzfahrt

Provinzkrimi

Kurzbeschreibung

Karl Ramsauer fährt mit seiner Frau und den Leitners in den wohlverdienten Urlaub. Es geht auf ein Kreuzfahrtschiff und während sich Karl gerade so schön eingelebt hat und vor allem das leckere Essen an Bord des riesigen Dampfers genießt, bricht ein Mann an Bord zusammen. Der Schiffsarzt kann den Mann zwar wiederbeleben, doch er verstirbt im Hubschrauber auf dem Weg ins Krankenhaus. Dort stellt man auch fest, dass der Mann keines natürlichen Todes gestorben ist, sondern vergiftet wurde.

Von nun an rennt die Zeit, denn Karl und den Sicherheitsleuten an Bord bleiben nur wenige Stunden, um den Fall zu lösen. Denn dann legt das Schiff am nächsten Hafen an und der Täter kann seelenruhig von Bord spazieren und sich absetzen.

1. Kapitel

15. September, nachmittags halb fünf in Niederhaibach

„Hoffentlich habe ich nichts vergessen“, sagt Rosi, nachdem sie seit gefühlt fünf Stunden die Koffer packt.

Ich habe mich zu einer Kreuzfahrt überreden lassen und das obwohl mir der Gedanke, mit tausenden von anderen Menschen auf einem Schiff eingesperrt zu sein, so überhaupt nicht behagt.

Zumindest brauche ich in kein Flugzeug steigen, weil wir mit dem Zug bis nach Kiel fahren und dort aufs Schiff gehen. Allerdings geht der Zug schon um sechs Uhr morgens und ich habe eigentlich keine Lust schon so früh aufzustehen.

Der Leitner Xaver und seine Frau fahren auch mit und die Aussicht auf reichlich Essen und Trinken macht mir das Geschaukel auf dem Schiff erträglicher. Xaver und seine Frau waren letztes Jahr schon auf einer Kreuzfahrt. Hildegard hat meiner Rosi so sehr vorgeschwärmt, bis diese unbedingt auch auf Kreuzfahrt gehen wollte.

„Du hast zwei große Koffer voller Zeug gepackt. Ich bin sicher, dass wir alles dabeihaben“, erwidere ich.

So wie ich das sehe, hat meine Frau den halben Hausstand eingepackt und ich kann die schweren Koffer morgen von A nach B zerren. Es wäre fast schon ein Wunder, wenn ich mir nicht wieder einen Hexenschuss zuziehe.

„Xaver und Hildegard holen uns morgen früh um halb sechs ab“, sagt Rosi und öffnet erneut den Koffer, um noch eine Weste einzupacken.

Eigentlich sind die Koffer längst voll, doch sie schafft es irgendwie das Stück Stoff noch in den Koffer zu stopfen. Anschließend legt sie ihre Hand auf die Stirn und sieht dabei ziemlich nachdenklich aus.

„Rosi, du hast mehr als genug eingepackt.“ Ich versuche sie zu beruhigen, denn sie wirkt überaus angespannt.

„Du hast leicht reden, wenn ich doch was vergessen habe, dann gibst du mir die Schuld“, erwidert sie und sieht mich dabei vorwurfsvoll an.

„Wenn wir wirklich was vergessen, dann kaufen wir es uns eben“, sage ich schulterzuckend.

„Wir sind auf einem Schiff, da kann man sicherlich nicht alles kaufen“, entgegnet sie.

„Ich bin sicher, die haben alles dabei, was man für den täglichen Gebrauch benötigt. Auch wenn sie dafür bestimmt ein Heiden Geld verlangen“, brumme ich.

Allein der Gedanke an den Preis dieser Reise treibt mir die Tränen in die Augen. Unsere Urlaube beschränkten sich bisher auf ein paar Tage in Österreich, die wir meist in einer Pension verbrachten. Das war Urlaub nach meinem Geschmack, vor allem auch hinsichtlich des Preises.

Aber zumindest entspricht eine Reise in den Norden klimatechnisch eher meinen Vorlieben. Normalerweise werde ich dort von mörderisch heißen Sonnentagen verschont. Diese hatte ich zur Genüge in den letzten Wochen zu Hause.

„Wer beschwert sich denn im Urlaub immer, dass alles so teuer ist“?“, fragt sie vorwurfsvoll.

„Stimmt ja auch“, erwidere ich schulterzuckend.

„Gehen wir es nochmal durch“, sagt sie bestimmt.

Ich rolle genervt mit den Augen. Das ist doch jetzt nicht ihr Ernst oder?

Sie fängt an alles aufzuzählen. Dabei sollte ich wohl aufpassen, ob auch alles dabei ist. Doch wenn ich ehrlich bin, höre ich ihr gar nicht richtig zu. Natürlich ist mir klar, dass ich mich in dieser Hinsicht voll und ganz auf sie verlasse, was vielleicht nicht richtig ist. Andererseits lässt meine Frau mich beim Kofferpacken sowieso nicht ran. Ich habe noch nicht einmal ein Mitspracherecht, bei der Auswahl meiner Klamotten. Rosi entscheidet, was ich auf der Kreuzfahrt anziehen muss.

Ich habe gesehen, dass sie meine unbequemen Schuhe eingepackt hat, die ich immer anziehe, wenn es etwas festlicher zugeht. Eigentlich habe ich ja gar keine Lust mich im Urlaub auch noch in Schale zu schmeißen. Aber da habe ich überhaupt keine Chance ein Veto einzulegen. Xaver geht es genauso und er hat mir erzählt, dass beim Abendessen auf so einem Schiff sehr viele Leute sich rausputzen. Auch wenn es nicht alle sind, haben unsere Frauen entschieden, dass wir das auch so machen.

Ich nehme das jetzt einfach so hin, weil mir erstens sowieso nichts anderes übrigbleibt und ich mich zweitens auf das gute Essen freue. Da nehme ich es hin, dass ich nicht in Jogginghose rumlaufen darf. Hauptsache ich muss mich nicht in einen Anzug zwängen, aber der hängt glücklicherweise noch im Schrank.

„Können wir jetzt noch etwas essen?“, frage ich nach Rosis Aufzählung, weil mein Magen schon beinahe durchbricht.

„Duschgel“, ruft sie plötzlich, anstatt mir zu antworten. „Ich habe das Duschgel vergessen einzupacken.“

„Das hast du doch gerade vor ein paar Minuten ganz vorne in deinen Koffer gepackt“, entgegne ich, denn das ist mir tatsächlich aufgefallen.

„Bist du sicher?“, hakt sie stirnrunzelnd nach.

Ohne auf eine Antwort von mir zu warten, fängt sie an in ihrem Koffer zu graben. Sie öffnet das vorderste Fach und als sie schließlich fündig wird, nickt sie mir zu.

„Stimmt, ich habe es schon eingepackt."

„Sag ich doch", erwidere ich und verkneife mir ein Augenrollen.

Schließlich möchte ich am Abend vor dem Urlaub keinen Streit heraufbeschwören. Stattdessen wende ich mich von meiner Frau ab und verlasse das Schlafzimmer.

„Also ich gehe jetzt etwas essen."

„Ich komme auch gleich", ruft sie mir hinterher.

Unten in der Küche angekommen, öffne ich den Kühlschrank. Gähnende Leere schlägt mir entgegen und ich stelle erschrocken fest, dass sich nur noch ein Stück Käse und zwei gekochte Eier darin befinden. Zum Sattwerden ist das wirklich nicht ausreichend. Schon gar nicht für zwei Personen.

Ich schließe den Kühlschrank und öffne den Brotkasten. Was soll ich sagen?

Es ist gerade mal noch ein kleines Stück hartes Vollkornbrot darin. Seufzend stoße ich den Atem aus. Als ich mich resigniert auf die Eckbank fallen lasse, kommt meine Frau zur Küchentür herein.

„Wir haben nichts mehr zu Essen im Haus", informiere ich sie.

„Das stimmt doch gar nicht. Es ist noch Käse, Brot und auch Eier da", erwidert sie. „Außerdem haben wir noch zwei Bananen und einen Apfel."

Mit hochgezogenen Augenbrauen sehe ich sie fragend an. Ich glaube sie meint das tatsächlich ernst!

„Das soll für uns beide reichen?“, frage ich sie ungläubig.

„Es schadet uns sicher nicht, wenn wir heute mal etwas weniger essen. Ab morgen auf dem Schiff schlemmen wir sowieso eine Woche lang“, antwortet sie und wirft mir einen tadelnden Blick zu.

Mir entgeht nicht, dass sie dabei demonstrativ meinen Bauch ansieht. Dabei halte ich nun schon seit Monaten mein Gewicht. Kein Wunder, da Rosi mich daheim immer sehr kurzhält, was das Essen anbelangt. So wie eben auch heute Abend.

Seufzend stoße ich den Atem aus, bevor ich das harte Vollkornbrot aus dem Brotkasten hole und es in zwei Scheiben schneide. Mehr werden es leider nicht mehr, also muss ich heute wohl mit knurrendem Magen ins Bett gehen. Dafür haue ich dann den Rest der Woche so richtig rein. Das kann nicht einmal meine Frau verhindern.

2. Kapitel

16. September, mittags halb eins in Hamburg

Bis hierher war die Zugfahrt eigentlich ganz erträglich, doch als wir am Hamburger Hauptbahnhof vom ICE auf den Regionalzug wechseln müssen, wird mir so richtig klar, dass wir uns in einer Großstadt befinden. Natürlich bin ich für den großen Koffer zuständig, der gefühlt eine Tonne wiegt. Meine Frau hat offensichtlich tatsächlich den ganzen Hausstand eingepackt, nur so kann ich mir das Gewicht erklären.

Als wir aus dem ICE in Hamburg steigen, schlägt uns die unglaubliche Menschenmenge entgegen. Mir fehlt es völlig an der Orientierung und ich habe keine Ahnung wo wir hin müssen. Mit den Koffern im Schlepptau drängeln wir uns durch die Menschen. Hildegard weiß offensichtlich wohin wir müssen. Zumindest gibt sie den Weg vor und wir anderen folgen ihr.

Ich habe alle Hände voll zu tun, um den Anschluss nicht zu verlieren. Xaver ist direkt neben mir. Auch er muss einen schweren Koffer hinter sich herziehen. Er wirft mir einen amüsierten Blick zu.

„Ich bin wirklich froh, wenn wir auf dem Schiff sind“, ruft er mir zu. „Da werden wir für all die Qualen der Anreise belohnt.“

„Na hoffentlich“, erwidere ich.

Glücklicherweise haben unsere Reisepartner eine Metzgerei. Dieser ist es zu verdanken, dass es nicht an der Reiseverpflegung fehlte. Aber mittlerweile sind die Leberkässemmeln aus und ich muss mich gedulden, bis wir auf dem Schiff sind, bevor ich wieder etwas zwischen die Zähne bekomme.

„Das ist unser Zug nach Kiel“, ruft Hildegard und deutet in die Richtung vor uns.

Als wir uns diesem Zug nähern, wird schnell klar, dass wir nicht die einzigen Fahrgäste sind.

„Der ist proppenvoll, da haben wir keinen Platz mehr“, sage ich zu den anderen, als wir vor den geöffneten Türen stehen.

Die Leute stehen bereits dicht gedrängt und alle Sitzplätze sind belegt. Sogar auf der Treppe, die in den oberen Teil des Zuges führt, sitzen Personen.

„Wir müssen da rein“, erwidert Hildegard und drängt sich mit ihrem kleinen Handgepäckkoffer zwischen die Leute.

Rosi folgt ihr und ich sehe hilfesuchend zu Xaver, dessen Koffer auch in etwa die Ausmaße des meinen haben. Wir können ihn nicht mal einfach so anheben und an uns drücken. Stattdessen brauchen wir mehr Platz, was angesichts der gedrängten Menge im Zugabteil schier unmöglich ist.

„Wir müssen nach oben, da ist die erste Klasse und noch mehr Platz“, sagt Hildegard und nähert sich der Treppe, die mit Leuten besetzt ist.

Glücklicherweise haben unsere Frauen die Zugreise in der ersten Klasse gebucht, ansonsten wäre sie vermutlich bis hierher nicht so angenehm gewesen. Doch hier und jetzt in der Regionalbahn hilft uns das auch nicht weiter.

„Wie sollen wir da hochkommen?“, frage ich Xaver, der völlig überfordert die Schultern zuckt.

Doch Hildegard und meine Rosi sind rigoros und drängen sich durch die Menschen auf der Treppe. Ein junger Kerl mit langen Haaren hat es sich dort bequem gemacht und beißt gerade von seinem Sandwich ab. Als Hildegard ihn jedoch auffordernd mit ihrem kleinen Koffer anstupst, richtet er sich auf und lässt sie passieren, auch wenn man ihm anmerkt, dass ihm das gewaltig gegen den Strich geht. Es ist fast unmöglich den schweren Koffer über die Treppe nach oben zu zerren.

„Ich fahre nie wieder Zug“, brumme ich vor mich hin.

Der Schweiß steht mir auf der Stirn und mein Rücken meldet sich auch langsam aber sicher. Als wir endlich im oberen Stock des Wagons ankommen, verstaue ich den Koffer und stelle dann erleichtert fest, dass in der ersten Klasse fast alle Sitze leer sind.

Hildegard und Rosi haben es sich bereits bequem gemacht, während Xaver und ich uns abgequält haben. Entkräftet lasse ich mich auf einen Sitz fallen und mein Freund Xaver lässt sich neben mich plumpsen, während er stöhnend den Atem ausstößt.

„Gott sei Dank, sind wir bald da“, seufzt er.

Er beugt sich vor und kramt in seinem Rucksack, den er zwischen seinen Beinen verstaut hat. Anschließend zaubert er zwei kleine Flaschen Bier hervor und überreicht mir eine. Dabei zwinkert er mir zu.

„Das ist ja sogar noch kalt“, flüstere ich beeindruckt.

„Klar, ich habe eine kleine Kühltasche dabei“, erwidert er und wirft dabei einen Blick zu seinem Rucksack.

Auf den Xaver ist eben in Sachen Verpflegung Verlass und das nicht nur beim Essen, sondern auch beim Bier.

Offensichtlich weiß seine Frau nichts von dem Bier, denn er macht ein Geheimnis daraus und ich werde ihn ganz sicher nicht verraten. Unsere Frauen sitzen direkt vor uns und daher ist es eine Herausforderung die Bierflaschen so leise zu öffnen, dass sie es nicht mitbekommen.

Glücklicherweise kommen genau in diesem Moment zwei junge Männer in das Abteil und machen dabei genügend Krach, so dass wir die Flaschen schnell öffnen können, ohne dass unsere Frauen etwas davon mitbekommen.

Das Anstoßen deuten wir lediglich an, damit wir uns nicht dadurch verraten. Als die kühle Flüssigkeit meinen Rachen hinunterrinnt muss ich mich zurückhalten, dass mir nicht ein genießerisches Seufzen über die Lippen huscht.

Auch wenn das Bier nicht reicht, damit sich bei mir das Urlaubsgefühl einstellt, ist es doch ein guter Anfang. Zumindest müssen wir nun nicht mehr umsteigen und sobald wir in Kiel angekommen sind, müssen wir nur noch den kurzen Weg bis zum Schiff zurücklegen, dann sind wir endlich da.

Als wir schließlich am Kieler Hauptbahnhof ankommen, ist der Zug schon viel leerer, als in Hamburg. Es herrscht kein Gedränge mehr beim Aussteigen und wir können ungehindert den Wagon verlassen.

Auch jetzt übernimmt Hildegard wieder die Führungsposition. Sie weiß genau wo wir hinmüssen, woher auch immer. Vermutlich liest sie die Hinweisschilder, die mir jetzt erst auffallen. Mit dem Zugfahren bin ich nicht sonderlich affin, denn das habe ich noch nicht oft gemacht. Ich fahre lieber mit dem Auto, oder wenn es unbedingt sein muss, auch mal mit dem Bus. Doch der Zug steht nicht auf der Liste meiner bevorzugten Fortbewegungsmittel, zumindest war es bisher so. Allerdings war die Anreise in der ersten Klasse recht angenehm, mal von den Menschenmengen in Hamburg abgesehen. Solange die Züge pünktlich sind, und die Wagons nicht zu voll sind, kann man diese Art zu reisen schon machen.

„Wir könnten zu Fuß gehen, es wäre nicht sonderlich weit“, schlägt Hildegard vor.

„Was ist bei dir nicht sonderlich weit?“, hake ich nach.

„Ich schätze mal einen guten Kilometer“, antwortet sie.

„Das kannst du ruhig verdoppeln, so wie ich meine Frau kenne“, wirft Xaver ein und sieht Hildegard vorwurfsvoll an.

„Nehmen wir doch einfach ein Taxi“, schlage ich vor.

„Das da drüben würde für uns alle reichen“, sagt Xaver und deutet auf ein Großraumtaxi.

Mit dem ganzen Gepäck passen wir tatsächlich nicht in ein normales Auto, daher steuern wir auf den Kombi zu.

„Typisch, unsere Männer sind wieder zu faul, um ein paar Schritte zu gehen“, seufzt Rosi und sieht dabei vorwurfsvoll in meine Richtung.

Ich reagiere gar nicht auf ihre Worte und auch Xaver schmunzelt lediglich verstohlen vor sich hin.

„Können Sie uns bitte zum Ostseekai bringen?“, fragt Hildegard den jungen Taxifahrer.

Offensichtlich hat sich Hildegard wirklich sehr gut informiert, denn ich habe keine Ahnung, dass unser Schiff am Ostseekai liegt.

Die Fahrt dauert nur wenige Minuten und als wir dann vor dem riesigen Schiff stehen, bin ich nicht sicher, ob ich auf den riesigen Pott wirklich drauf möchte. Glücklicherweise stehen nicht allzu viele Leute beim Check-in, so dass wir ziemlich schnell durch sind. Es wird noch ein Foto von uns gemacht, bevor wir endlich auf das Schiff können.

3. Kapitel

18. September, mittags halb eins in Norwegen

Mittlerweile haben wir uns gut auf dem Schiff eingelebt, auch wenn meinem Magen das Geschaukel nicht so gut bekommt. Glücklicherweise hat meine Rosi Reisetabletten eingepackt, mit denen ich ganz gut zurechtkomme. Am besten an dem ganzen Urlaub ist das Essen an Bord, das wirklich absolut keine Wünsche offenlässt.

„Eigentlich habe ich noch gar keinen Hunger", sagt Hildegard, als wir uns auf dem Weg zum Restaurant befinden.

„Es würde vermutlich nicht schaden, wenn wir mal eine Mahlzeit ausfallen lassen", erwidert meine Frau und ich sehe sie ungläubig an.

Das kann doch unmöglich ihr Ernst sein!

„Also ich vertrage schon wieder eine Kleinigkeit", entgegnet Xaver.

„Ich auch", nicke ich zustimmend und bin heilfroh, dass er mit mir einer Meinung ist.

Somit stehe ich nicht als Einziger Vielfraß da.

„Wir haben schließlich Urlaub", sagt nun auch Hildegard.

Sie ist glücklicherweise ein eher genussvoller Mensch und nicht so ein Gesundheitsjunkie wie meine Frau. Ein Glück, dass wir mit Xaver und Hildegard unterwegs sind, so sollte mir eine Woche Schlemmerei nicht verwehrt werden.

Das Buffet ist wirklich überaus umfangreich und es ist für jeden Geschmack etwas dabei. Ich weiß gar nicht wo ich anfange soll. Am liebsten würde ich einfach alles probieren. Allerdings wird mich meine Frau dafür mit tödlichen Blicken strafen. Daher halte ich mich zurück und entscheide mich nur für ein Gericht.

Das Schweinefilet im Speckmantel sieht so unglaublich lecker aus, dass ich einfach nicht widerstehen kann. Der Koch schneidet gleichmäßige Scheiben ab und als ich ihm meinen Teller entgegenhalte, füllt er diesen, bis ich ihn stoppe.

Daneben steht noch eine große Pfanne mit Käsespätzle und Rahmsoße. Da bleiben wirklich keine Wünsche offen und ich bin unendlich zufrieden mit der Auswahl. Als ich an unseren Tisch zurückgehe, komme ich noch an den Nachspeisen vorbei. Die sehen natürlich auch überaus verlockend aus und ich komme nicht umhin nach einem der Gläschen zu greifen, in dem sich eine bayrische Creme befindet.

„Gut, dass wir nach dem Essen eine Wanderung machen", sagt Rosi, als ich mich an den Tisch setze.

Dabei wirft sie einen missbilligenden Blick auf meinem Teller, der ihr natürlich viel zu sehr gefüllt ist. Vor allem fehlt darauf Salat und Gemüse. Doch für mich ist die Zusammenstellung perfekt und im Urlaub sollte ich doch wirklich essen können, wonach mir ist. Auch wenn es vielleicht nicht sonderlich gesund ist.

„Wir machen eine Wanderung?“, frage ich überrascht, denn das ist das erste Wort, welches ich dahingehend höre.

„Ja, nach dem Mittagessen verlassen wir das Schiff und erklimmen den Hausberg“, antwortet Hildegard.

Ich wechsle mit Xaver einen fragenden Blick, der seufzend den Atem ausstößt. Offensichtlich hat seine Frau ihn über diese Freizeitaktivität auch nicht in Kenntnis gesetzt. Vor allem das Wort erklimmen löst eine gewisse Anspannung in mir aus.

Ich habe wirklich keine Lust mich im Urlaub als Bergsteiger zu profilieren. Aber da wird mir wohl nichts anderes übrigbleiben, als mich der Gruppe anzuschließen. Vielleicht ist ja der Xaver auch gegen diese Wanderung, doch er wird ungefähr genau so viel Glück haben, dieser zu entgehen, wie ich. Wir müssen da beide durch.

„Das bleibt uns wohl nicht erspart“, flüstert mir Xaver zu, bevor er sich über seinen Teller hermacht.

Der ist übrigens genauso gut gefüllt, wie der meine. Kein Wunder, dass wir beide uns seit Jahren so gut verstehen. Immerhin haben wir viele Gemeinsamkeiten. Angefangen bei den Essensvorlieben. Viel Fleisch, wenig Salat!

Nach dem Landgang falle ich ins Bett. Ich habe keine Ahnung wie viele Stufen wir heute erklommen haben, aber es waren wirklich sehr viele. Meine Beine sind schwer wie Blei und die Unterschenkel verkrampfen sich. Das hat mir jetzt gerade noch gefehlt. Ein krampfendes Bein!

Ich richte mich auf und beuge mich vor, um meine Zehen greifen zu können, damit der Krampf wieder verschwindet.

„Hast du etwa einen Krampf?“, fragt Rosi.

„Und was für einen“, murmle ich mit schmerzverzerrtem Gesicht.

„Das kommt davon, weil du viel zu wenig trainiert bist“, erwidert sie.

Das musste ja jetzt kommen. Erst sprengt sie mich gefühlt tausende Stufen auf einen Berg hinauf und dann tut sie noch so, als ob ich selbst Schuld hätte, wenn mir anschließend alles wehtut.

„Aber der Ausblick war die Anstrengung doch allemal wert.“

Während sie vor sich hin schwärmt, versuche ich meinen Körper etwas zu entspannen, um die Muskelverspannungen wieder loszuwerden.

„Jetzt haben wir uns das Abendessen wenigstens wirklich verdient.“

Gutgelaunt holt sie frische Klamotten aus dem Schrank.

„Möchtest du zuerst unter die Dusche, oder kann ich?“, fragt sie mich.

„Mach nur!“, winke ich ab.

Im Moment bin ich sowieso nicht in der Lage aufrecht zu stehen, geschweige denn zu gehen. Natürlich ist meine Rosi für eine Frau relativ schnell im Bad fertig. Als sie wieder rauskommt sieht sie mich auffordernd an.

„Du kannst jetzt rein.“

„Ich liege gerade so gut“, murmle ich.

Eigentlich würde ich jetzt gerne ein bisschen schlafen. Die lange Wanderung hat mich müde gemacht. Doch Rosis Blick nach zu urteilen erwartet sie, dass ich mich sofort unter die Dusche begebe. Ich gebe ja zu, dass ich ziemlich verschwitzt bin und mir eine Dusche sicher nicht schadet, aber im Moment bin ich einfach zu faul um aufzustehen.

„Du kannst dich doch nicht so verschwitzt wie du bist in das Bett legen“, sagt sie vorwurfsvoll.

Ich wusste, dass sie damit nicht einverstanden ist. Daher hieve ich mich hoch und gehe in das kleine Badezimmer, das sich in unserer Kabine befindet. Man kann sich zwar in der Dusche kaum umdrehen, aber zur Not geht es.

Es dauert ja nicht mehr lange dann gibt es wieder Abendessen. Dafür lohnt sich doch der Aufwand einer Dusche. Als ich nach der Dusche zurück in die

Kabine komme, liegt meine Frau im Bett und schnarcht vor sich hin.

Ich werfe einen Blick auf meine Armbanduhr. Wir haben noch ein halbes Stündchen bevor wir uns mit Xaver und Hildegard zum Abendessen treffen. Daher lege ich mich neben Rosi und ziehe mir die Decke über.

Erst ein Klopfen an unserer Tür reißt mich aus dem Schlaf. Ich bin nicht der Einzige der hochschreckt. Rosi springt geradezu aus dem Bett und hechtet zur Kabinentür. Als sie die Tür öffnet, höre ich Hildegards Stimme.

„Wo bleibt ihr denn?“, fragt sie meine Frau.

In dem Moment wird mir klar, dass Rosi und ich verschlafen haben. Dass das ausgerechnet meiner Frau einmal passiert. Wer hätte das gedacht.

4. Kapitel

18. September, abends halb neun mitten auf dem Meer

Unsere Frauen bestehen auf einem Spaziergang an Deck. Natürlich stimmen wir dem zu. Immerhin muss ich da keine Stufen mehr erklimmen. Außerdem haben wir noch eine Flasche Bier in der Hand, das macht den Spaziergang gleich noch viel erträglicher.

Ich muss ja zugeben, dass so eine Kreuzfahrt tatsächlich recht angenehm ist. Auch wenn mein Magen etwas empfindlich reagiert, wenn wir über das offene Meer fahren, ist die Aussicht und der herrliche Blick auf den Horizont etwas Besonderes.

Eigentlich bin ich ja absolut nicht romantisch veranlagt, aber so ein Sonnenuntergang auf See ist schon schön anzusehen.

„Das ist wirklich ein schöner Urlaub", seufzt meine Rosi.

Sie hat ein Glas Wein in der Hand und lehnt sich an die Reling. Nebeneinander stehen wir vier da und genießen den Ausblick und das Rauschen des Meeres. Da könnte man es auch ein paar Tage mehr, als nur eine Woche aushalten. Ich muss zugeben, dass mir diese Art zu Reisen gefällt.

Gerade als wir ein gemütliches Gespräch führen, hören wir einen markerschütternden Schrei. Ich sehe mich um, woher der Schrei gekommen ist. Tatsächlich befindet sich ein Menschenauflauf auf dem Deck, auf dem wir uns gerade befinden.

Ich drücke meiner Frau das Bier in die Hand und gehe schnellen Schrittes auf die Menschenmasse zu. Es herrscht reges Gedränge und die Menschen stehen so dicht beieinander, dass ein Durchkommen unmöglich ist.

„Lassen Sie mich durch!“, fordere ich und versuche mich durchzudrängen.

„Wieso, sind Sie Arzt?“, fragt mich ein älterer Mann.

„Nein, von der Polizei“, erwidere ich und werfe ihm einen mahnenden Blick zu.

Meine Ansage hilft, denn er tritt sofort beiseite, so dass ich ein Stück weiter vorkomme. Es ist unglaublich wie viele Menschen sich hier auf kleinen Raum tummeln. Wo kommen die denn überhaupt alle her?

Als ich endlich bis in die Mitte des Menschenauflaufs vordringe, eröffnet sich mir ein Anblick, den ich leider nicht zum ersten Mal sehe. Auf dem Boden liegt ein älterer Mann, ich schätze ihn so um die siebzig, der verdammt schick gekleidet ist. Leider ist er nicht bei Bewusstsein und da sich sonst keiner um den Mann kümmert, sondern alle nur blöd drum herumstehen, beuge ich mich hinab und fühle seinen Puls.

„Hat schon jemand den Arzt verständigt?“, frage ich in die Runde.

Das ist der typische Moment, in dem die Schaulustigen alle auf den Boden starren und dabei so tun, als ginge sie das hier überhaupt nichts an. Ich hasse diese Art von Menschen. Glücklicherweise drängt sich gerade ein Mann in weißer Uniform durch die Menge. Er gehört offensichtlich zum Personal und ich hoffe wirklich, dass er bereits medizinische Hilfe angefordert hat, der Mann lebt nämlich noch, denn ich fühle seinen Puls.

„Sind Sie Arzt?“, fragt der Mann in Uniform mich, als er sich ebenfalls neben das Opfer kniet.

„Nein, Polizist“, antworte ich auch ihm.

Warum glauben alle ich wäre Arzt, nur weil ich mich um ein Opfer kümmere? Ich sehe doch wirklich nicht aus, als könnte ich Menschen retten.

„Der Schiffsarzt ist schon informiert und er ist gleich da“, entgegnet er.

„Dann bringen wir ihn mal in die stabile Seitenlage“, sage ich und der Schiffsmitarbeiter hilft mir dabei.

Zum Glück kommt genau in diesem Moment der Schiffsarzt, der die gleiche Uniform trägt, wie der Mann, der mir gerade zur Hand geht.

„Gott sei Dank, sind Sie da“, sagt der junge Schiffsangestellte erleichtert und macht seinen Platz sofort frei.

„Hat jemand gesehen was passiert ist?“, fragt der Arzt während er den Patienten untersucht.

„Wir haben von unserem Balkon aus gesehen, wie er hier an Deck entlang getorkelt ist und dachten, dass er zu viel getrunken hat. Doch plötzlich brach er zusammen“, erklärt ein junger Mann. „Wir sind natürlich sofort losgelaufen, um hierher zu kommen. Doch als wir ankamen, war hier schon ein Menschenauflauf.“

„Wir müssen sofort den Helikopter holen, er muss in ein Krankenhaus“, sagt der Arzt und sieht dabei den Mann in der weißen Uniform an.

Dieser nickt ihm zu und greift zu seinem Funkgerät. Plötzlich fängt der Arzt mit einer Herz-Druck-Massage an und ich habe eine schlimme Vorahnung. Die Miene des Arztes lässt nichts Gutes verheißen.

„Schafft er es?“, frage ich ihn, wobei mir natürlich klar ist, dass er das vermutlich jetzt noch nicht mit Sicherheit feststellen kann.

„Ich weiß es nicht“, gibt er zu.

„Machen Sie weiter mit der Herz-Druck-Massage!“, fordert er mich auf.

Natürlich übernehme ich sofort und bin erleichtert, dass ich regelmäßig den Erste-Hilfe-Kurs aufgefrischt habe. Ich habe keine Ahnung, ob der Mann überhaupt noch am Leben ist, oder ich mich hier völlig umsonst abmühe. Irgendwie habe ich nämlich den Eindruck, als dass in dem Körper unter meinen Händen überhaupt kein Leben mehr ist.

Der Arzt zieht eine Spritze auf und verabreicht ihm diese, während ich weiter versuche sein Herz am Schlagen zu halten. Es ist wahnsinnig anstrengend und ich habe keine Ahnung, ob ich das alles ganz richtig mache. Aber sollte ich das nicht tun, würde mich der Arzt doch sicherlich darauf hinweisen.

Es kommt mir wie eine Ewigkeit vor und ich vergesse die Leute um mich herum völlig. Ich bin hochkonzentriert auf den leblosen Mann unter meinen Händen und den Arzt, der mich immer wieder auffordert genauso weiterzumachen.

Lange werde ich das allerdings nicht mehr durchhalten, denn ich bin schon jetzt völlig außer Atem. Ich sollte wohl doch öfter etwas für meine Kondition tun. Aber wer konnte schon ahnen, dass ich die brauchen würde, um das Leben eines Menschen zu retten.

Ich bin unglaublich erleichtert, als der Notarzt und die Sanitäter endlich eintreffen und an meiner Stelle die Wiederbelebungsversuche fortsetzen. Erschöpft mache ich ihnen den Weg frei und sitze völlig entkräftet auf dem Boden, während ich dabei zusehe, wie der Notarzt mit einem Defibrillator versucht das Leben des Patienten zu retten.

„Wir haben ihn!“, sagt er zu seinen Kollegen, als auf der Anzeige wieder Ausschläge zu sehen sind.

„Können wir ihn für den Transport fertigmachen?“, fragt einer seiner jungen Begleiter, der bereits eine Trage hergerichtet hat.

Der Notarzt nickt ihm zu und auch der Schiffsarzt hilft bei der Umbettung auf die Trage und dem Abtransport. Ganz langsam lichten sich auch die Reihen der Passagiere und ich nehme die Worte meiner Frau und den Leitners nur langsam wahr. Ihre Stimmen hören sich an wie durch einen dichten Nebel. Fast so als wären sie weit entfernt, wobei sie direkt neben mir stehen.

„Karl, geht es dir gut?“, fragt Xaver mich besorgt.

„Ich bin nur etwas außer Atem“, erwidere ich.

„Das hast du wirklich gut gemacht. Ich glaube, ich hätte nicht gewusst, was zu tun ist“, murmelt meine Frau, die von der ganzen Sache sichtlich geschockt ist.

Über uns hören wir das laute Dröhnen der Hubschrauberrotoren, als sich dieser wieder in die Lüfte erhebt.

„Hoffentlich schafft er es“, murmle ich, ohne dass die anderen es hören können.

5. Kapitel

19. September, morgens halb acht mitten auf dem Meer

Ich habe diese Nacht sehr unruhig geschlafen und bin schon früh auf den Beinen. Zuerst habe ich mich im Bett gewälzt, weil ich meine Frau nicht wecken wollte. Doch nach einiger Zeit hielt mich nichts mehr und ich stand auf, um mich anzuziehen.

Rosi ist mittlerweile ebenfalls wach, doch sie findet es im Bett offensichtlich noch sehr gemütlich. Zuhause ist sie immer die erste, die morgens das Bett verlässt. Doch im Urlaub scheint sie das Ausschlafen ausgiebig zu praktizieren.

„Willst du schon zum Frühstück gehen?“, fragt sie mich überrascht.

„Nein, ich gehe nur schnell zur Rezeption, um nach dem Mann von gestern zu fragen. Vielleicht wissen sie schon, wie es ihm geht“, antworte ich ihr.

Ich verlasse die Kabine und laufe zuerst mal wieder in die falsche Richtung. Auf dem riesigen Schiff ist es aber auch echt schwierig die Orientierung nicht zu verlieren. Vor allem in den langen Gängen, die sich auf den Kabinendecks befinden. Glücklicherweise gibt es immer wieder Wegweiser und vor den Aufzügen riesige Anzeigen, wo sich was befindet. Um zur Rezeption zu kommen, muss ich erst ein paar Decks nach unten fahren. Dort angekommen sehe ich mich um und da sich hier nicht nur die Rezeption, sondern auch das Bordhospital befindet, bin ich versucht gleich mal beim Schiffsarzt vorbeizuschauen, um mich über den Patienten zu erkundigen.

Während ich noch abwäge, öffnet sich plötzlich die Tür zum Hospital und der Schiffsarzt tritt hindurch. Dadurch nimmt er mir die Entscheidung ab, denn als er mich sieht, steuert er direkt auf mich zu. Offensichtlich hat er mich gleich erkannt.

„Ich wollte mich bei Ihnen für Ihren Einsatz noch bedanken“, sagt er, als er bei mir ankommt. „Es gibt nicht viele Menschen, die gleich so geistesgegenwärtig reagieren.“

„Das ist doch selbstverständlich. Ich bin hier, um mich nach dem Befinden des Mannes zu erkundigen. Ich hoffe er hat es geschafft?“

Bei meiner Frage spricht die Miene des Arztes Bände. Er schüttelt knapp den Kopf.

„Leider nicht“, erwidert er. „Er ist noch auf dem Weg ins Krankenhaus verstorben.“

„Oh nein“, entgegne ich erschrocken.

Ich hatte so sehr gehofft, dass der arme Mann wieder gesund wird. Doch so wie es aussieht wurden meine Gebete nicht erhört.

„War es ein Herzinfarkt?“, hake ich nach.

„Tut mir leid, aber ich darf Ihnen dazu leider keine Auskunft geben“, erwidert er zögerlich.

Ich sehe ihm an, dass ihn dahingehend etwas bedrückt.

„Ich bin pensionierter Polizist und falls da mehr dahintersteckt, als eine natürliche Ursache, dann müssen Sie mir das sagen!“, sage ich eindringlich.

„Gerade deswegen bin ich auf dem Weg zu unserem Sicherheitspersonal“, erwidert er.

„Dann war es kein natürlicher Tod?“, hake ich nach.

„Ich glaube nicht, dass ich mit Ihnen darüber sprechen darf.“

Er wirkt hin- und hergerissen.

„Ich kann Ihre Kollegen bei den Ermittlungen unterstützen. Bei mir zuhause bin ich noch immer als Berater bei der Mordkommission tätig, obwohl ich schon pensioniert bin.“

Ich sehe ihm an, dass ich ihn endlich am Haken habe.

„Okay, kommen Sie mit. Die Sicherheitsleute müssen diese Entscheidung treffen“, entgegnet er und winkt mich hinter sich her, als er seinen Weg fortsetzt.

Umgehend folge ich ihm. Wir verlassen den Passagierbereich und plötzlich ist nicht mehr alles so gemütlich und luxuriös. Hier sind Metallwände, wie man es auf Schiffen gewohnt ist. Am Boden gibt es keinen Teppich und ich komme mir fast vor, wie auf einem Marineschiff.

Wir passieren eine Treppe und wechseln noch ein Deck nach unten. Nun befinden wir uns vermutlich längst unter dem Wasserspiegel und somit im Herzen des Schiffes. Passagiere werden sich hierhin nicht verlaufen. Dieser Bereich ist dem Personal vorbehalten.

Der Schiffsarzt öffnet eine schwere Tür, bevor wir einen Haken nach links schlagen. Vor einer Tür bleibt er stehen und klopft kurz dagegen, bevor er diese öffnet. Darin erwarten uns vier Personen, die eine schwarze Uniform tragen. An ihren Schultern haben sie verschiedene Abzeichen. Soweit ich weiß bedeuten mehr Streifen eine höhere Position. Zwei von ihnen haben einen Streifen, die anderen beiden haben zwei Streifen. Keine Ahnung was dies bedeutet und wie viele Streifen man maximal erhalten kann.

„Dieser Mann hier, hat mir gestern bei der Wiederbelebung des verstorbenen Patienten geholfen. Er ist ehemaliger Polizist und arbeitet noch immer bei der Mordkommission. Vielleicht kann er uns in diesem Fall behilflich sein“, erklärt der Schiffsarzt seinen Kollegen.

Zweifelnd sehen sie mich an und in diesem Moment bin ich wirklich erleichtert, dass ich meinen Dienstausweis immer bei mir trage. Ich hole ihn aus meiner Tasche und zeige diesen in die Runde.

„Haben wir es mit einem Verbrechen zu tun?“, frage ich sie.

Nachdem einer der Uniformträger meinen Ausweis eingehend studiert hat, nickt er den anderen zu.

„Davon dürfen die restlichen Passagiere aber nichts erfahren“, sagt er eindringlich, als er den Ausweis an mich zurückgibt. „Wir wollen keine Massenpanik.“

„Schon klar“, erwidere ich nickend.

„Wir haben einen Anruf aus der Klinik erhalten. Der Verstorbene wurde eingehend untersucht. Er ist keines natürlichen Todes gestorben, sondern wurde vergiftet.“

Ungläubig sehe ich die Besatzung an und frage mich, wie viele Leute nun schon an der Aufklärung des Mordes arbeiten, wenn diese vier hier so seelenruhig rumstehen.

„Wurde die Kabine des Opfers schon gesperrt und die Spuren gesichert?“

Alle vier schütteln unisono den Kopf.

„Wir haben gerade erst selbst davon erfahren“, entgegnet einer von ihnen, als müsse er sich verteidigen.

„Wurde das Deck schon weiträumig abgesperrt, auf dem das Opfer zusammengebrochen ist?“

Erneut schütteln sie bei meiner Frage den Kopf.

„Wir können doch nicht ein ganzes Deck sperren“, entgegnet einer und sieht mich dabei vorwurfsvoll an.

„Das können und das müssen wir. Wenn dort tausend Leute rumlaufen, können wir vergessen, noch Spuren zu finden, selbst wenn es welche gegeben hätte“, erkläre ich ihnen.

„Wir haben bereits kriminalistische Hilfe angefordert“, entgegnet ein Mann in Uniform, dessen Schultern mit zwei Streifen geschmückt sind.

„Wie lange wird es dauern, bis die da sind?“

„Noch mindestens eine halbe Stunde“, antwortet mir der Schiffsarzt. „Wir befinden uns auf hoher See.“

„Dann sollten wir bis dahin dafür sorgen, dass nicht noch mehr Spuren vernichtet werden.“

Ich versuche ihnen am Klang meiner Stimme den Ernst der Lage klarzumachen. Zögerlich wechseln sie Blicke, als könnten sie sich nicht entscheiden, ob sie meinem Rat folgen sollen.

„Wie heißen Sie eigentlich?“, fragt mich der Schiffsarzt.

„Karl Ramsauer“, antworte ich ihm, denn der Mann ist mir bisher am sympathischsten.

„Vielleicht sollten wir tun was Herr Ramsauer vorschlägt. Immerhin hat er jahrelange Erfahrung bei der Kriminalarbeit.“

„Jahrzehntelang!“, verbessere ich ihn.

6. Kapitel

19. September, morgens halb zehn mitten auf dem Meer

Mittlerweile sind auch die Kollegen vom Festland eingetroffen. Die Zusammenarbeit stellt sich jedoch als schwierig heraus, da diese Kollegen nur englisch und norwegisch sprechen. Mein Englisch lässt allerdings sehr zu wünschen übrig, um nicht zu sagen, es ist kaum vorhanden. Glücklicherweise spricht ein Großteil der Schiffsbesatzung deutsch und englisch, somit können sie für mich übersetzen.

Zumindest haben sie mich gelobt, dass ich den Bereich, in dem wir das Opfer aufgefunden haben, gleich absperren ließ. Auch wenn das die Schiffsbesatzung ganz und gar nicht gerne gesehen hat. Kein Wunder, immerhin bekamen so sehr viele Gäste mit, dass ein Verbrechen oder Unglück geschehen ist und das hat sich natürlich gleich wie ein Lauffeuer auf dem Schiff rumgesprochen.

Somit war es kein Geheimnis mehr und ich musste auch meinen Mitreisenden erklären, was geschehen war. Meine Rosi war natürlich nicht davon begeistert, dass ich jetzt auch noch im Urlaub arbeite. Allerdings verbietet es mir meine Berufsehre, dass ich mich nicht an der Suche nach dem Mörder beteilige.

Derzeit untersuchen wir die Kabine des Verstorbenen. Er war alleine unterwegs und wir haben bisher keine Ahnung, ob er auf dem Schiff schon Kontakte geknüpft hat. Allerdings ist dieser Mann kein normaler Gast. Seine Kabine ist mindestens dreimal so groß wie die meine. Es handelt sich um eine der teuersten Suiten an Bord, wie ich mir von der Schiffsbesatzung erklären lassen habe.

Das hier ist purer Luxus und dennoch stelle ich es mir nicht sonderlich angenehm vor, diesen Luxus ganz alleine genießen zu müssen. Da sieht man mal wieder, dass auch viel Geld nichts bringt, wenn man alleine ist.

Nichts, außer Neider!

Ich bin mir nämlich ziemlich sicher, dass unser Opfer von eben einem solchen umgebracht wurde. Vermutlich hat er ihn in diesem Zuge auch ausgeraubt. Allerdings ist das auf einem Schiff nicht so leicht festzustellen, da die Gäste an Deck für gewöhnlich außer der Bordkarte nichts bei sich führen. Allerdings wurde bei unserem Opfer auch keine Bordkarte gefunden. Diese wurde ihm vermutlich zuvor entwendet.

„Der Safe wurde jedenfalls aufgebrochen“, erklärt mir einer der Männer, die sich in unserem Ermittlungsteam befindet.

„Dann hatte der Mörder Zugang zur Suite, aber wusste die Kombination vom Safe nicht“, fasse ich zusammen.

„Wir können also davon ausgehen, dass der Dieb auch der Mörder ist“, erwidert der junge Mann vom Schiffspersonal.

„Wissen wir denn jetzt schon, woran genau der Mann verstorben ist?“, hake ich nach.

„Das Krankenhaus hat versprochen, dass sie uns informieren, sobald sie es herausgefunden haben.“

Wie lange kann es denn dauern, bis sie das endlich wissen. Es kann doch nicht so schwer sein, die Art der Vergiftung festzustellen. Gerade wünschte ich, ich hätte das Team meines Reviers hier und natürlich Rudi. Auch wenn er nicht sonderlich gesprächig ist, gehört er zu den besten Gerichtsmedizinern, mit denen ich jemals gearbeitet habe.

Aber es hilft ja alles nichts, im Moment muss ich mit denen arbeiten, die da sind und das Beste daraus machen. Ich kann mich ja nicht direkt beschweren. Die Leute hier sind ja nicht schlecht. Sie sprechen nur leider nicht meine Sprache.

Als wir noch mitten in der Spurensicherung stecken, betritt der Schiffsarzt die Suite.

„Ich habe Neuigkeiten“, sagt er in meine Richtung. „Das Krankenhaus hat mich gerade angerufen, sie wissen nun woran Herr Quirin Neubauer gestorben ist.“

Er hat sofort meine volle Aufmerksamkeit und auch die Kollegen der Sicherheitsabteilung sehen ihn neugierig an.

„Er wurde mit dem Gift des blauen Eisenhuts vergiftet“, erklärt er schließlich. „Genau genommen mit der Wurzel der Pflanze. Diese ist hochgiftig und schon eine Menge von ein bis zwei Gramm wirken letal.“

Glücklicherweise bin ich bei diesem Ausdruck nicht der Einzige, der ihn verwirrt ansieht. Ich habe das Wort letal natürlich schon mal gehört und kann mir denken, dass es tödlich bedeutet, doch ganz sicher bin ich mir nicht. Allerdings scheinen die Schiffsangestellten gar nichts mit dem Begriff anfangen zu können.

„Das Gift wirkt bereits in geringer Menge tödlich, und das innerhalb kurzer Zeit“, erklärt er, da er die fragenden Blicke offensichtlich richtig deutet.

„Passt denn dazu die Aussage des Zeugen, dass Herr Neubauer erst noch schwankend über das Freideck gegangen ist?“, hake ich nach.

Immer wieder stelle ich während der Ermittlungen fest, dass nicht nur bezüglich meiner Englischkenntnisse Sprachbarrieren bestehen. Auch mit meiner bayrischen Aussprache gibt es Schwierigkeiten. Die Schiffsbesatzung spricht nämlich ausschließlich hochdeutsch und das fällt mir fast genauso schwer, wie Englisch.

Immer wieder muss ich mich wiederholen und dabei darauf achten, dass ich mich einigermaßen verständlich ausdrücke. Auch bei diesem Satz sieht mich der Schiffsarzt etwas zweifelnd an und ich sage den Satz erneut. Nun nickt er.

„Ja, der Tod tritt bei dem Gift nicht sofort ein, und das Opfer fällt auch nicht auf einen Schlag tot um“, antwortet er.

„Kann es denn sein, dass jemand das Gift an Bord geschmuggelt hat?“

Meine Frage hätte ich mir vermutlich sparen können, denn bei dem Sicherheitscheck wurde zwar das Gepäck durchleuchtet und man musste durch ein Sicherheitstor gehen, so wie sie es auch am Flughafen haben. Allerdings denke ich nicht, dass diese Scanner auf Gifte anschlagen.

„Nein, unsere Detektoren suchen nach Waffen, Metallen und dergleichen. Nicht nach Gift in Form eines Pulvers. Da müssten wir ja quasi jedem die Medikamente abnehmen, die er bei sich trägt. Auch von diesen sind einige in gewissen Dosen giftig“, erklärt der Arzt.

Das leuchtet mir natürlich ein. Bei diesen Checks geht es um die Sicherheit von vielen Passagieren. Einen einzelnen kann man schließlich auch mit einem Messer oder durch einen harten Schlag töten. Verhindert werden müssen Amokläufe, oder eben Massenvernichtungen, wie Bombenanschläge oder dergleichen. Nicht so ein kleiner Mord, der mit einem

Pulver aus einer Gartenpflanze begangen werden kann.

„Giftmorde sind ja des Öfteren Frauenmorde“, sage ich zu meinen neuen Kollegen, während die Profis von der Spurensicherung sich nun verstärkt auf die Suche nach Resten des besagen Giftes konzentrieren. „Können wir denn irgendwie herausfinden, ob Herr Neubauer Kontakt zum weiblichen Geschlecht hatte?“

„Wir könnten alle Aufnahmen, die von den Kameras und Fotografen auf dem Schiff gemacht wurden, durchgehen. Aber Sie können sich sicherlich vorstellen, dass wir damit ewig beschäftigt sind“, entgegnet der Sicherheitschef.

„Suitengäste haben doch auch eigene Bereiche, können wir nicht das Personal dort befragen, ob sie sich an eine Begleitung von Herrn Neubauer erinnern können?“, frage ich in die Runde.

„Das könne wir machen. Außerdem können wir die Aufzeichnungen dieser Bereiche zuerst durchsehen“, stimmt der Mann in Uniform mir zu.

„Vielleicht haben wir ja Glück und finden auf diese Art und Weise schnell den Mörder oder die Mörderin. Sobald wir anlegen, kann der Mörder das Schiff verlassen und sich vom Acker machen.“

Natürlich muss ich auch diese Aussage wiederholen, damit ich von den Kollegen auf Zeit verstanden werde. Ich ziehe die Arbeit mit meinen bayerischen Kollegen definitiv vor. Es ist ja nicht so, dass die alle bayerisch reden, aber zumindest verstehen sie es.

„Aber wenn eine Person nicht mehr zurück an Bord kommt, dann wissen wir wenigstens, dass diese die Tat begangen hat“, wirft der Schiffsarzt ein.

„Wir liegen mehrere Stunden im Hafen, wenn ich das richtig verstanden habe. Während dieser Zeit kann der Täter schon sonst wo sein und sich seiner Strafe entziehen. Wissen Sie wie schwer es ist, einen Flüchtigen international aufzuspüren?“

Alle sehen mich nachdenklich an, sie scheinen dann jedoch unser Dilemma zu verstehen.

„Dann ist es ja gut, dass wir heute einen Seetag haben“, wirft der Schiffsarzt ein.

„Wann legen wir morgen im Hafen an?“, hake ich nach, denn ich habe den Ablauf der Reise im Vorfeld nicht auswendig gelernt.

Ganz im Gegensatz zu meiner Frau und Hildegard. Die wissen genau wann, wir wo ankommen und wie lange wir dortbleiben.

„Um dreizehn Uhr.“

„Das wird eine Herausforderung“, seufze ich.

7. Kapitel

19. September, mittags halb zwölf mitten auf dem Meer

Endlich wurde ein Angestellter gefunden, der unser Opfer in Begleitung gesehen haben will. Wir befinden uns gerade auf dem Weg zu ihm und ich hoffe wirklich, dass er uns weiterhelfen kann.

Ich bin es ja gewohnt unter Druck zu arbeiten, aber binnen weniger Stunden einen Mörder finden zu müssen, ist wirklich eine Herausforderung. Wir treffen ihn im Crewbereich des Schiffes und ich bin vermutlich der einzige Gast, der diesen Bereich ohne Einschränkungen nutzen darf.

Während Xaver am liebsten mit mir an den Ermittlungen arbeiten würde, ist meine Frau stinksauer, weil ich ihrer Meinung nach unseren Urlaub versaue. Wenn es nach ihr ginge, sollte ich die Arbeit den hiesigen Kollegen überlassen, doch das kommt für mich überhaupt nicht in Frage. Ich kann allerdings Xaver in die Ermittlungen nicht involvieren, weil es dieses Ermittlungsteam nicht zulassen würde. Immerhin haben sie meiner Mithilfe nur zähneknirschend zugestimmt.

Da der Angestellte nur ein paar Brocken deutsch spricht, findet die Befragung in Englisch statt. Natürlich verstehe ich wieder kein Wort davon. Daher nehme ich mir fest vor einen Englischkurs zu besuchen, sobald ich wieder daheim bin. Mir ist sehr wohl bewusst, dass ich diesen guten Vorsatz vermutlich wieder verwerfen werde, sobald ich wieder von der bayerischen Sprache umgeben bin, aber der gute Wille zählt ja.

„Er hat gesehen, wie Herr Neubauer sich mit einer jüngeren Frau getroffen hat. Sie haben vor zwei Tagen miteinander im Gourmetrestaurant gegessen“, übersetzt der Schiffsoffizier, der auch Teil des Ermittlungsteams ist.

„Wissen wir, wer die junge Frau ist?“, hake ich nach.

Die Spurensicherung hat Fingerabdrücke in der Suite von Herrn Neubauer gefunden, die weder ihm noch dem Reinigungspersonal zuzuordnen sind. Auch wenn sich diese nicht am Safe befunden haben, könnten sie vom Täter oder der Täterin stammen. Allerdings gibt es am Safe nur Fingerabdrücke des Opfers, womit wir davon ausgehen, dass der Täter, welcher den Safe ausgeräumt hat, dabei Handschuhe trug.

„Bisher noch nicht, aber wir arbeiten daran es herauszufinden“, antwortet der Schiffsoffizier.

Ich spare mir die Frage, wie sie das tun, denn vermutlich würde ich mir damit keine Freunde machen. Mir ist schon aufgefallen, dass die Besatzung nicht sonderlich gut mit Kritik umgehen kann. Zumindest jene, die hier für die Sicherheit zuständig sind. Als ich nur eine Frage in die Richtung gestellt habe, ob der Mord bei besseren Sicherheitsvorkehrungen hätte verhindert werden können, wurde ich gleich angeblafft.

Mir ist ja selbst klar, dass so eine kleine Menge eines giftigen Pulvers von jedem an Bord geschmuggelt werden hätte können. Daher meinte ich das auch gar nicht als Vorwurf. Es war nur so dahingesagt, ganz ohne Wertung. Trotzdem waren die Blicke dafür fast vernichtend. Daher verkneife ich mir Kritik jeglicher Art. Schließlich will ich nicht riskieren, aus den Ermittlungen ausgeschlossen zu werden. Ich habe hier nämlich absolut keine Handlungsbefugnis und werde von den hiesigen Kollegen nur geduldet.

„Kann ich bei der Suche irgendwie behilflich sein?“, frage ich nach.

Vielleicht gibt es ja irgendwelche Videos, die ich sichten kann.

„Ich glaube nicht. Wir haben bereits genug Personal, das sich darum kümmert“, erwidert der Offizier.

Dabei hört er sich nicht irgendwie abwertend oder dergleichen an. Auch macht er nicht den Eindruck, als wolle er mich nicht in die Ermittlungen involvieren.

Er wirkt, als hätte er einfach nur genug Leute bereits damit beauftragt.

„Ich bin sicher, dass wir jeden Moment erfahren, wer die Frau war“, versichert er mir.

Nicht lange danach ist es auch schon so weit und sein Handy klingelt. Ich hoffe wirklich, dass wir endlich einen Hinweis auf den Täter haben. Gespannt lausche ich seinem Gespräch, doch auch jetzt findet das Gespräch in Englisch statt.

Wenn ich mich recht erinnere, haben wir ein deutschsprachiges Schiff gebucht. Warum zum Teufel reden dann hier alle englisch?

Natürlich ist mir klar, dass die Crew international ist und sich die Deutschsprachigkeit lediglich darauf bezieht, dass genug Personal an Bord ist, um den Gästen in dieser Sprache Auskunft erteilen zu können. Dennoch habe ich damit gerechnet hier mehr Leute anzutreffen, die ich verstehe. Davon, dass ich von allen verstanden werde, habe ich mich ja schon lange verabschiedet. Genau genommen reicht es schon das Bundesland Bayern zu verlassen. Schon bereitet mein Dialekt Probleme. Wenn wir ehrlich sind ist es sogar innerhalb Bayerns schwierig, denn alle paar Kilometer ändert sich der Dialekt.

Als der Offizier das Gespräch beendet, sehe ich ihn fragend an.

„Wir haben nun den Namen der Frau und auch ihre Kabinennummer. Die Kollegen rufen sie gerade an und bitten sie um ein Gespräch“, erklärt er bereitwillig.

Ich verkneife mir die Aussage, dass eine Bitte abgeschlagen werden kann, wir dies jedoch nicht zulassen dürfen. Immerhin geht es hier um eine Mordermittlung und die Frau ist eine Zeugin. Das nimmt ihr das Recht der freien Entscheidung eine Aussage zu machen. Allerdings ist es natürlich angebracht erst freundlich zu fragen, bevor man mit der harten Keule kommt. Sicherlich weiß das auch der Offizier und wenn die Frau bereitwillig einer Befragung zustimmt, dann ist das alles sowieso ohne Bedeutung. Sollte sie das allerdings nicht tun und die Kollegen hier dies einfach hinnehmen, dann werde ich sicherlich nicht zögern ihnen die Rechtslage deutlich zu machen.

Kurz darauf kündigt das Telefon des Offiziers den Eingang einer Nachricht an. Er zückt es und wirft einen Blick darauf.

„Alles klar, sie ist einverstanden, dass wir sie in ihrer Suite aufsuchen“, informiert er mich.

Die Frau hat also auch eine Suite?

Gibt es denn so viele Leute, die Geld wie Heu haben. Ich möchte gar nicht erst wissen, was diese Suiten kosten, denn mir hat es schon gereicht, was unsere normale Kabine für diesen Urlaub gekostet hat. Vielleicht liegt es auch einfach daran, dass die reichen Leute sich einfach zusammenrotten und sie daher mit unserem Opfer das Abendessen eingenommen hat. Wie heißt es so schön. Gleich und gleich gesellt sich gerne. Wenn man das Wort gleich durch reich ersetzt, dann stimmt es vermutlich ebenfalls.

Dieser Personenkreis wird mit Normalsterblichen wie uns nicht viel zu tun haben wollen. Daher gibt es ja auch die gesonderten Bereiche an Bord, welche nur von den Suitengästen genutzt werden dürfen.

„Dann machen wir uns gleich auf den Weg dahin“, schlage ich vor.

Zustimmend nickt der Offizier.

„Aber überlassen Sie besser uns das Reden!“, fordert er mich auf.

Ich runzle die Stirn.

„Mit Ihrem Dialekt sind Sie sehr schwer zu verstehen. Außerdem ist die Dame ein Suitengast und mit diesen muss man einfühlsam und rücksichtsvoll umgehen“, erklärt er.

„Soll das heißen ich bin nicht rücksichtsvoll?“, frage ich ihn vorwurfsvoll.

„Sie sind sehr direkt, wenn Sie verstehen was ich meine.“

Eins muss ich dem Offizier ja lassen. Er drückt sich sehr diplomatisch aus. Eine Kunst, die ich wohl auf meine alten Tage nicht mehr erlernen werde.

„Und wenn ich noch Fragen hätte, die ihr Team nicht stellt?“, hake ich nach.

Ich möchte mir ja nichts einbilden, aber an kriminaltechnischer Erfahrung kann mir hier keiner das Wasser reichen, auch wenn einige aus dem Sicherheitsteam tatsächlich eine polizeiliche Ausbildung genossen haben.

„Dann tragen Sie diese Frage zuerst an mich heran und ich übersetze dann“, schlägt er vor.

„Kann die Frau etwa auch nur englisch?“, frage ich verwirrt.

„Nein, aber ich bin hier der Einzige, der Ihre Sprache einigermaßen versteht“, erwidert er. „Mein Opa ist aus Bayern.“

Das erklärt natürlich einiges. Dabei habe ich bisher gedacht, dass ich gar nicht so undeutlich spreche und mich um ein gewisses Maß an Hochdeutsch bemüht habe. Jetzt wird mir auch klar, warum sie ausgerechnet diesen Offizier als Dolmetscher an meine Seite gestellt haben. Er soll nicht nur englisch für mich übersetzen, sondern mein bayerisch für alle anderen.

8. Kapitel

19. September, nachmittags halb zwei mitten auf dem Meer

Ich halte mich so gut es geht zurück, und überlasse den anderen das Reden, so wie ich es mit dem Offizier ausgemacht habe. Ich bin recht zufrieden mit ihrer Befragung, denn sie stellen meiner Meinung nach die richtigen Fragen.

Die Suite der Frau ist zwar etwas kleiner, als die unseres Opfers, doch man sieht auch hier, dass sie überaus vermögend sein muss, wenn sie sich diese Räumlichkeiten leisten kann.

„Wir haben uns in der Lounge kennengelernt und sind schon am ersten Abend ins Gespräch gekommen. Herr Neubauer reiste ebenfalls alleine und da haben wir beschlossen unsere Mahlzeiten gelegentlich gemeinsam einzunehmen", erklärt die ältere Dame.

Man sagt ja, Geld verändert den Charakter. Aber bei ihr habe ich den Eindruck, dass vor allem die Ausdrucksweise anders ist, als bei normalen Menschen. So geschwollen redet doch normalerweise niemand daher!

Natürlich antwortet ihr der Schiffsoffizier in genau dem gleichen Slang und ich frage mich, ob ich einfach so wenig Wortschatz habe, oder diese Leute besondere Kurse für außergewöhnlich spießige Ausdrucksweisen besucht haben.

Der Offizier fragt sie noch, ob es auch Meinungsverschiedenheiten zwischen ihr und Herrn Neubauer gegeben hat. Als sie dies verneint, hakt er nach, ob sie etwas von Streitereien mit anderen Passagieren mitbekommen hat. Erneut schüttelt sie den Kopf.

„Wann haben Sie Herrn Neubauer zum letzten Mal gesehen?“, fragt er sie.

Sie runzelt die Stirn und tippt sich mit ihren perfekt manikürten Fingernägeln nachdenklich gegen die Lippen.

„Das war vorgestern beim Abendessen“, antwortet sie. „Gestern hatte ich etwas Kreislaufprobleme und habe daher das Abendessen auf meiner Kabine eingenommen.“

„Aber Sie wären gestern Abend ebenfalls mit Herrn Neubauer verabredet gewesen?“

Genau diese Frage hätte ich ihr an dieser Stelle auch gestellt. So wie es aussieht, brauche ich mich gar nicht einzumischen, denn die Kollegen wissen was sie tun. Dabei hat der Offizier noch nie bei der Kripo gearbeitet. Doch offenbar hat er eine besondere Gabe dafür.

„Ja, aber unter den gegebenen Umständen konnte ich die Verabredung leider nicht einhalten“, erwidert sie.

Mir stellt sich da jetzt die Frage, ob sie ihre Kreislaufprobleme nur vorgespielt hat, weil sie etwas mit dem Tod von Herrn Neubauer zu tun hat. Andererseits sieht es in dieser Suite nicht so aus, als hätte sie den Tresorinhalt von Herrn Neubauer nötig gehabt. Alleine die Koffer, die ich in der Ecke stehen sehe, wirken als würden sie mehr kosten, als meine komplette Garderobe, die ich daheim im Schrank hängen habe.

Ich weiß bereits, dass die Frau alleine reist, wofür es nur zwei Erklärungen gibt. Entweder sie ist verwitwet oder geschieden. Natürlich gibt es auch noch die Möglichkeit, dass sie ihr Geld selbst verdient hat und ihr Vermögen unabhängig von einem Mann erwirtschaftet hat.

Aber seien wir mal ehrlich, auch wenn ich dadurch den Zorn so mancher Frau auf mich ziehe, letztendlich ist es in neun von zehn fällen eben so, dass die Männer vermögend sind und die Frauen sich diese einfach angeln.

Natürlich würde ich das niemals in der Öffentlichkeit behaupten, schon gar nicht, wenn Frauen anwesend wären. Schließlich bin ich nicht lebensmüde.

„Wissen Sie denn ob Herr Neubauer noch mit anderen Gästen auf dem Schiff Kontakt hatte?“

Bei der Frage des Offiziers sieht sie ihn nachdenklich an, bevor sie nickt.

„Ja, er hat mir erzählt, dass er in der Lounge ein nettes Ehepaar kennengelernt hat."

„Sie wissen nicht zufällig, wie das Ehepaar heißt?"

Sie schüttelt den Kopf und ich unterdrücke ein enttäuschtes Seufzen.

„Aber es müssten auch Suitengäste gewesen sein, sonst hätten sie keinen Zugang zur Lounge gehabt", erklärt sie.

Der Offizier stellt noch ein paar Fragen, allerdings ist keine der Antworten für uns hilfreich. Er wirft mir nach einer Weile einen fragenden Blick zu, was mir wohl die Möglichkeit geben soll, noch weitere Fragen zu stellen, falls ich noch welche habe. Allerdings hat er wirklich gute Arbeit geleistet, weshalb ich kaum merklich den Kopf schüttle und ihm dadurch signalisiere, dass er die Befragung beenden kann.

„Falls wir noch Fragen an Sie hätten, dürften wir Sie erneut belästigen?", fragt er sie zum Abschied.

„Aber natürlich, ich bin ja froh, wenn ich bei der Aufklärung von Herrn Neubauers Tod behilflich sein kann."

Wir verlassen die Suite der Zeugin und passieren den langen Flur.

„Ich hoffe die Befragung war zu Ihrer Zufriedenheit?", fragt er mich.

„Sie haben die richtigen Fragen gestellt. Man könnte meinen, Sie sind einer von uns."

Seine Lippen heben sich zu einem Lächeln.

„Detektiv wollte ich schon als Kind werden“, gibt er zu.

„Wo halten sich denn die Suitengäste bevorzugt auf?“, frage ich den Offizier.

„Viele von ihnen bevorzugen die ruhigen Suitenbereiche.“

„Ist das diese Lounge?“, hake ich nach.

Er nickt.

„Dann sollten wir uns dort mal umhören“, schlage ich vor.

Er verzieht das Gesicht, was mir zeigt, dass ihm dieser Vorschlag nicht sonderlich gefällt.

„Warum schauen sie so, als wäre das keine gute Idee?“, frage ich ihn irritiert.

„Sie müssten wissen, dass unsere Suitengäste ganz besondere Privilegien genießen. Dazu gehört vor allem auch, dass sie ihren Urlaub in vollen Zügen genießen können. Das ist wirklich unser oberstes Ziel. Bei ihnen noch mehr, als bei unseren anderen Gästen. Da verstehen Sie sicherlich, dass ich es nicht sonderlich gutheiße, dass wir in diesem Bereich rumlaufen und unangenehme Fragen stellen.“

Es ist ja nicht so, dass ich seine Aussage nicht nachvollziehen kann. Doch die Tatsache, dass eben einer dieser besonderen Gäste an Bord ermordet wurde, sollte doch reichen, um die Befragungen zu rechtfertigen.

„Darauf können wir leider in diesem Fall keine Rücksicht nehmen. Aber wenn Sie sich besser fühlen, dann werde ich auch hier die Befragung Ihnen überlassen und mich im Hintergrund halten“, erwidere ich.

Er stößt seufzend den Atem aus.

„Also gut, wenn Sie unbedingt meinen, dann bleibt mir ja wohl nichts anderes übrig“, gibt er schließlich zögerlich nach.

„Jetzt gleich?“, fragt er, offensichtlich in der Hoffnung, dass ich ihm noch etwas mehr Zeit lasse.

„Natürlich, wir dürfen keine Zeit verlieren“, antworte ich ihm.

„Dann folgen Sie mir!“

Natürlich komme ich seiner Aufforderung nach und als wir im Aufzug stehen, drückt er den obersten Knopf. Ich weiß gar nicht, was sich auf dem obersten Deck befindet. Vermutlich der Bereich der Suitengäste.

Ich gebe es ja nur ungern zu, aber ich bin wirklich schon sehr neugierig darauf, welche Vorteile diese besonderen Gäste haben und vor allem, ob sie sich wirklich so sehr von uns Normalsterblichen unterscheiden.

9. Kapitel

19. September, nachmittags halb drei mitten auf dem Meer

Schon alleine der Zugang zu dem Bereich der Suitengäste ist nur jenen zugänglich, die auch wirklich eine Suite haben. Mit meiner Bordkarte würde sich die Tür zu diesem Bereich erst gar nicht öffnen. Somit haben nur wirklich all jene Leute Zugang, denen dies auch zusteht.

Und ich, zumindest in diesem außergewöhnlichen Fall, denn der Offizier zückt seine Karte, die auch diese Tür öffnet. Ich wette mit der kommt er überall rein.

Schon beim Betreten der Räumlichkeiten wird mir klar, dass hier alles etwas ruhiger und exklusiver abläuft. Nicht nur, dass man sich hier nicht um einen Platz streiten muss, es gibt sogar Snacks und Getränke, die man sich ohne zu bezahlen nehmen kann.

Die Verpflegung ist ja fast überall an Bord kostenlos, doch die Getränke müssen bezahlt werden. Natürlich nicht sofort, sondern die Bezahlart findet hier ausschließlich mit der Bordkarte statt. Sie ist sozusagen Ausweis, Schlüssel und Kreditkarte in einem.

Im Hintergrund läuft sanfte Musik und auf den ersten Blick gibt es hier mindestens so viele Angestellte, wie es Gäste gibt. Diese sind auch sehr aufmerksam und räumen das schmutzige Geschirr weg, sobald der Gast dies geleert hat. Alles hier ist wahnsinnig sauber und nicht ein Krümel ist auf den Tischen oder den Ablagen zu sehen. Die Reederei legt sich offensichtlich für diese Gäste besonders ins Zeug.

Natürlich gibt es auch für normale Gäste keinen Grund zur Beschwerde, doch am Buffet ist definitiv sehr viel los. Für meine Begriffe sind es zu viele Leute und das obwohl Hildegard erzählt hat, dass es noch größere Schiffe gibt, die noch mehr Passagiere beherbergen. Da möchte ich bei der Buffetschlacht nicht unbedingt dabei sein.

Von Schlacht sind wir an diesem Buffet jedoch weit entfernt und das obwohl sich hier nur kleine Snacks befinden. Vermutlich ist das auch nur für den kleinen Hunger zwischendurch gedacht und wenn ich es mir genau ansehe, dann sind das hier auch nicht mehr als kleine Häppchen. Wenn ich davon satt werden möchte, dann müsste ich dieses Buffet vermutlich in einem Aufwasch leeren.

Allerdings bin ich auch nicht die Zielgruppe, welche die Reederei mit dieser Einrichtung anspricht. Niemals würde ich so einen Haufen Geld dafür bezahlen, dass man mir lediglich einen Happen auf einem Teller serviert und ich am Ende hungrig den Tisch verlasse.

Von daher bin ich mit dem Buffetangebot mehr als zufrieden. Da kann ich mir den Bauch vollschlagen und so viel auf meinen Teller packen, wie ich möchte. Mal von den Einschränkungen abgesehen, die mir meine Frau auferlegt. Sie deutet mir mit finsteren Blicken an, wenn ich es mal wieder übertreibe. Wobei ich ihr zugutehalten muss, dass sie im Urlaub dahingehend überaus großzügig ist.

„Ich sehe hier aber gar kein Ehepaar sitzen“, flüstere ich dem Offizier zu.

„Das ist ja auch nur der kleine Innenbereich. Wir haben so schönes Wetter, vielleicht haben wir auf dem Außendeck mehr Glück“, erwidert er leise.

Kurz bin ich sprachlos, denn wie es aussieht haben die VIP-Gäste auch noch einen gesonderten Bereich im Freien. Kein Wunder, dass Suiten so ein Schweinegeld kosten. Immerhin ist es teuer, auf einem Schiff mit eingeschränktem Platz so viel davon für so wenige Geäste bereitzustellen.

Ich folge dem Offizier über eine Treppe nach oben. Dort angekommen öffnet sich eine gläserne Schiebetür und gibt den Weg in einen wundervollen Außenbereich frei. Ich bin sicher hier würde es meiner Rosi auch gut gefallen. Ein Glück, dass sie nichts davon weiß, ansonsten würde sie womöglich noch in Betracht ziehen für so eine Reise noch mehr Geld auszugeben.

Andererseits kenne ich meine Frau und weiß, dass sie dafür viel zu geizig wäre. Natürlich missfällt es ihr, wenn sie am Buffet einem Gedränge ausgesetzt ist, aber nur um dem zu entgehen, das doppelte, dreifach oder noch mehr zu bezahlen, würde sie nicht tun. Wobei ich wirklich keine Ahnung habe, in welchen Preissegmenten sich die Suiten befinden. Vielleicht gibt es diese ja auch schon als günstige Einsteigermodelle.

Auf dem Außendeck ist tatsächlich etwas mehr los, auch wenn wir weit davon entfernt sind, es hier als voll bezeichnen zu können. Wenn ich daran denke, wie schwer es ist zwei Liegen nebeneinander im Poolbereich zu finden, dann ist das hier nicht zu vergleichen. Hier würden wir ohne Probleme auch vier Liegen nebeneinander finden und das ohne lange zu suchen. Luxus und Exklusivität sind eben teuer.

„Und jetzt gehen wir einfach rum und fragen die Leute?"

Bei meiner Frage schüttelt der Offizier den Kopf.

„Mir wäre es lieber, wenn Sie hier warten würden und ich die Gäste alleine befrage. Sollte jemand von ihnen unser Opfer kennen, dann winke ich Sie zu mir", schlägt er vor.

Es gibt Schlimmeres, als es mir hier auf den luxuriösen Korbstühlen bequem zu machen und die Arbeit anderen zu überlassen. Daher nicke ich zustimmend und lasse mich auf einem der Stühle nieder.

Ich beobachte den Offizier, wie er nacheinander die Leute befragt und mir entgeht nicht, dass er dabei überaus höflich und zurückhaltend ist. Eins muss ich ihm ja wirklich lassen, er ist sehr affin im Umgang mit Menschen. Das könnte ich niemals. Dafür bin ich nicht nur zu ehrlich, sondern auch viel zu schnell von meinen Mitmenschen genervt.

Tatsächlich dauert es nicht lange, bis der Offizier mir unauffällig zuwinkt. Ich erhebe mich aus dem bequemen Stuhl und nähere mich ihnen. Auf den Liegen hat sich ein älteres Ehepaar aufgerichtet, die bis gerade eben offensichtlich gemütlich die Sonne genossen haben.

„Diese Herrschaften haben mit Herrn Neubauer gespeist, kurz bevor er an Deck zusammengebrochen ist“, informiert mich der Offizier, als ich bei ihnen ankomme.

„Haben Sie denn mitbekommen, ob Herr Neubauer da bereits körperliche Probleme hatte?“, fragt der Offizier bei den Leuten nach.

Vermutlich hat er Angst, ich könnte mit meinem bayerischen Dialekt die Gäste verschrecken, daher kommt er mir mit der Frage gleich zuvor.

„Als wir mit ihm zusammen waren ging es ihm noch sehr gut“, antwortet die Frau.

„Können Sie uns sagen, welche Pläne er an diesem Abend noch hatte?“

Das Ehepaar wechselt einen nachdenklichen Blick, bevor der Mann uns plötzlich ansieht.

„Ich glaube er hat etwas davon gesagt, dass er an diesem Abend früh ins Bett gehen wollte“, antwortet er.

„Wann hat er das Restaurant in etwa verlassen?“

Bei meiner Frage sieht der Offizier mich tadelnd an. Dabei habe ich mich wirklich sehr um ein anständiges Hochdeutsch bemüht. Man sollte meinen das sollte reichen, um so eine kleine Frage zu stellen. Offensichtlich gefällt es ihm dennoch nicht, dass ich mich überhaupt an der Konversation beteilige.

Als der Mann mir die ungefähre Zeit sagt, fange ich an zu rechnen. Das waren dann fast zwei Stunden bevor Herr Neubauer an Deck zusammengebrochen ist. Gut möglich, dass er zuerst noch ein Schläfchen gemacht hat, bevor er vom Täter das Gift verabreicht bekommen hat. Zeitlich würde das hingehen.

„Wo waren Sie denn nach dem Essen?“, frage ich das Ehepaar und nun erhalte ich einen wirklich finsteren Blick von dem Offizier.

Offensichtlich ist diese Frage in seinen Augen nicht angebracht. Allerdings müssen wir überprüfen, ob das Ehepaar ein Alibi hat. Immerhin waren sie die Letzten, die mit Herrn Neubauer zusammenwaren, bevor er gestorben ist. Zumindest nach derzeitigem Stand der Ermittlungen.

10. Kapitel

19. September, nachmittags halb vier mitten auf dem Meer

„Vermeiden Sie es bitte zukünftig unsere Gäste als Täter hinzustellen!“, fordert der Offizier, als wir den exklusiven Bereich der Suitengäste wieder verlassen.

„Das habe ich doch gar nicht getan“, erwidere ich.

„Sie können das Paar doch nicht einfach fragen, was sie nach dem Essen getan haben. Sie hatten sicherlich den Eindruck, als hätten wir sie verdächtigt“, entgegnet er vorwurfsvoll.

„Das haben wir auch. Sie hatten immerhin zuletzt mit unserem Opfer zu tun.“

„Aber sie waren es nicht“, sagt der Offizier entschlossen.

„Das wissen wir auch erst, seit sie uns ihr Alibi verraten haben“, entgegne ich.

Das Ehepaar war nach dem Essen zur Saunanacht eingebucht. Natürlich glaube ich erst, dass sie zur Tatzeit auch dort waren, wenn wir dafür Zeugen finden. Allerdings dürfte das laut dem Offizier nicht sonderlich schwierig sein, da der Eingang zum Wellnessbereich videoüberwacht wird. Außerdem kann man anhand der Bordkarte genau nachvollziehen, wann die Gäste etwas zu trinken bestellt haben und vor allem, wo sie sich zu diesem Zeitpunkt befunden haben.

Da der Offizier die Bordabrechnung des Ehepaars bereits geprüft hat, können wir davon ausgehen, dass sie die Wahrheit gesagt haben. Immerhin haben sie zu der Zeit im Saunabereich zwei Cocktails bestellt.

„Dennoch können Sie nicht so mit unseren Gästen sprechen“, beharrt der Offizier. „Alle weiteren Gespräche laufen nur noch über mich, oder ich veranlasse Ihren Ausschluss an den Ermittlungen.“

„Ist ja schon gut. Kein Grund gleich solche Drohungen auszusprechen“, erwidere ich und rolle genervt mit den Augen.

„Ich kann nicht zulassen, dass Sie unsere Gäste verärgern.“

„Also seien Sie mir nicht böse, aber das hatte nichts mit Beleidigung zu tun.“

Wenn der wüsste, wie rau es bei unseren Zeugenbefragungen manchmal zugeht, dann könnte er nachvollziehen wovon ich spreche. Aber natürlich muss man mit Gästen etwas zurückhaltender umgehen und das habe ich wirklich getan. Es war nur eine einfache Frage und ich war auch um einen neutralen Ton bemüht. Der Offizier übertreibt meiner Meinung nach maßlos.

„Man muss mit sehr viel Feingefühl an die Sache rangehen“, murmelt er, bevor wir einen Aufzug betreten.

„Also gut, ich halte mich zurück und überlasse Ihnen das reden“, lenke ich schließlich ein.

Ich möchte schließlich auf keinen Fall riskieren von den Ermittlungen ausgeschlossen zu werden. Vor allem, da die Leute hier ohne meine Hilfe vollkommen aufgeschmissen wären.

Kurz darauf erreichen wir unser Ziel. Es ist der Raum in dem alle Videoaufzeichnungen zusammenlaufen. Ich habe darauf bestanden mich nicht auf die Bordabrechnung des Ehepaares zu verlassen. Immerhin hätten sie genügend Zeit gehabt die beiden Getränke zu bestellen und anschließend Herrn Neubauer noch zu vergiften. Natürlich gibt es kein Motiv, aber genau genommen hat bisher niemand auf dem Schiff ein Motiv. Zumindest keins von dem wir wissen. Daher möchte ich auf den Videos überprüfen, wann das Ehepaar den Wellnessbereich betritt und wann sie ihn wieder verlassen haben.

Die Kollegen des Offiziers haben den betroffenen Zeitraum bereits auf dem Bildschirm. Sie lassen es im Schnelldurchlauf vorlaufen, bis das Ehepaar den Wellnessbereich betritt. Sie tragen jeweils einen Bademantel und haben eine Tasche dabei. Anschließend lässt der Mann das Video etwas langsamer laufen, sodass mir nicht entgehen kann, wann das Ehepaar den Bereich verlässt und ich dennoch nicht drei Stunden das Video begutachten muss.

Tatsächlich verlassen sie den Bereich erst wieder nach vier Stunden Aufenthalt. Somit gilt ihr Alibi auch für mich als bestätigt.

Wenn wir ehrlich sind, sieht es nicht gut für uns aus. Von einer Klärung des Falls sind wir weit entfernt. Wir haben noch nicht mal einen Verdächtigen. Bisher könnte es beinahe jeder auf dem Schiff gewesen sein.

„Kann es sein, dass es ein Crewmitglied war?“, frage ich den Offizier.

„Das kann ich mir wirklich nicht vorstellen. Ein Crewmitglied hätte Herrn Neubauer nicht töten müssen, um in seine Suite zu kommen.“

„Vielleicht hat der Täter es ja so gemacht, weil er von sich ablenken wollte“, stelle ich meine Vermutung auf. „In diesem Fall würden wir natürlich davon ausgehen, dass es niemand von der Crew war, wenn diese sich anderweitig Zugang verschaffen könnte. Ein Crewmitglied hätte Herrn Neubauer nicht töten müssen, um an seinen Safe zu kommen. Es muss etwas Persönliches gewesen sein.“

Wie wir es auch drehen und wenden, auf den Überwachungskameras im Treppenhaus vor dem Suitenbereich tauchen zu der entsprechenden Zeit eben nur Personen auf, die dort berechtigten Zugang haben. Abgesehen von den Suitengästen, die dort ihre Kabinen haben, ist das eben nur das Personal.

„Wir müssen mit allen Crewmitgliedern sprechen, die in der Kabine von Herrn Neubauer waren“, sage ich entschlossen.

Natürlich ist es nicht schön, wenn man die eigenen Kollegen verdächtigen muss und für den Offizier sind es nun einmal Kollegen. Dennoch bleibt uns in diesem Fall keine andere Wahl. Die Zeit läuft uns davon und wenn ein Crewmitglied eine Rechnung mit Herrn Neubauer offen hatte, dann müssen wir das so schnell wie möglich herausfinden.

„Wir können ja gar nicht mit Sicherheit sagen, dass Herr Neubauer das tödliche Gift in seiner Suite zu sich genommen hat“, wirft er Offizier ein, der natürlich mit aller Macht versucht, die Schuld nicht auf seine Kollegen zu lenken.

Immerhin wäre der Schaden für die Reederei verheerend. Wer will schon auf einem Kreuzfahrtschiff Urlaub machen, auf dem man von den Angestellten vergiftet und ausgeraubt wird.

„Der zeitliche Ablauf lässt gar keinen anderen Schluss zu“, erwidere ich. „Der Schiffsarzt und auch der Gerichtsmediziner, der die Leiche an Land untersucht hat, grenzten den Zeitraum ein. Er musste das Gift etwa eine halbe Stunde bis maximal eine Stunde vor seinem Tod eingenommen haben. Wir haben ganz klar gesehen, wie er in diesem Zeitraum in seine Suite gegangen ist und diese erst kurz vor seinem Zusammenbruch wieder verlassen hat.“

„Also gut, ich beauftrage meine Kollegen, dass sie die Befragungen durchführen“, gibt der Offizier schließlich nach.

Natürlich wäre ich gerne selbst dabei, aber in diesem Fall fungiere ich lediglich als stummer Unterstützer, wie mir der Offizier ziemlich eindeutig klargemacht hat. Daher halte ich mich auch etwas zurück.

„Können wir uns die Videoaufnahmen nochmal genau ansehen?“, frage ich ihn, denn ich habe das Gefühl, als würden wir etwas übersehen.

Ich kann nur wirklich beim besten Willen nicht sagen, was es ist.

„Natürlich, ich müsste allerdings mal kurz meiner normalen Arbeit nachgehen.“

„Kein Problem, ich kann das auch alleine mit Ihren Kollegen im Videoraum machen“, erwidere ich.

„Gut, dann bringe ich Sie da noch hin“, sagt er und wirft einen hektischen Blick auf seine Uhr.

„Nur keine Umstände, ich kenne den Weg und wenn nicht, dann frage ich mich einfach durch“, erwidere ich.

Zweifelnd sieht er mich an.

„Eigentlich dürfen Gäste nicht alleine in den Crewbereich“, murmelt er nachdenklich.

„Ich gehöre ja schon fast zur Crew“, witzle ich.

Jetzt ist er offensichtlich in der Zwickmühle, weil er augenscheinlich einen wichtigen Termin hat, mich aber nicht alleine durch das Schiff laufen lassen will.

Allerdings befindet sich der entsprechende Raum am anderen Ende des Schiffes und einige Decks unter uns. Der Weg dorthin würde einige Zeit in Anspruch nehmen, die er wohl gerade nicht hat.

„Also gut, dann treffe ich Sie dort, sobald ich mit meiner Arbeit fertig bin", lenkt er schließlich ein, bevor er schnellen Schrittes von dannen zieht.

11. Kapitel

19. September, abends halb fünf mitten auf dem Meer

Mein Magen knurrt unnachgiebig und ich sitze hier und sehe mir unaufhörlich das Video an, welches Herrn Neubauer zeigt. Eins muss ich den Angestellten hier ja lassen, Sie leisten gute Arbeit. Für die Ermittlungen haben sie alle Ausschnitte zusammengefügt, auf denen Herr Neubauer zu sehen ist.

Immer wieder spiele ich sie ab, auf der Suche nach etwas, das hilfreich sein könnte. Nach einer gefühlten Ewigkeit, glaube ich etwas zu erkennen. Ich stoppe das Video und zoome das Bild von Herrn Neubauer heran. Wenn ich mich nicht irre, dann hält er da etwas in der Hand das er gerade betrachtet.

„Was ist das?“, murmle ich vor mich hin.

Leider verschwimmt das Bild vor meinen Augen und ich verfluche in diesem Moment mal wieder meine schwindende Sehkraft. Anschließend hole ich meine Brille aus der Hemdtasche. Seit kurzem habe ich mir angewohnt diese immer bei mir zu tragen. Vor allem, wenn ich arbeite. Schon eine Speisekarte zu lesen, ist mir ohne diese Brille kaum möglich. Rosi wollte mir ja eine Brillenkette kaufen, aber das habe ich vehement abgelehnt. Damit sieht man doch aus wie eine alternde Sekretärin und das bin ich weiß Gott nicht.

Nicht das altern, denn dessen bin ich mir sehr wohl bewusst. Doch mit einer Sekretärin habe ich wirklich gar nichts gemein.

Als ich die Brille auf meiner Nase sitzen habe, versuche ich mein Glück erneut. Doch auch als ich mit der Nasenspitze schon fast am Bildschirm hänge, kann ich nicht erkennen was er da genau in seiner Hand hält. Für meine Begriffe ist es ein konischer kleiner Gegenstand, den er zwischen Daumen und Zeigefinger hält und ihn betrachtet.

Ich winke einen der Angestellten zu mir, die diese Videos überwachen und bearbeiten. Vielleicht kann er da noch mehr herausholen.

„Können Sie mir sagen, was der Mann da in der Hand hält?“, frage ich ihn, als er bei mir ankommt.

„Sieht aus wie eine Kapsel. Vielleicht eine Tablette?“, schlägt er vor.

„Für eine Tablette ist es doch etwas groß oder?“, entgegne ich.

„Die Dinger gibt es doch in allen möglichen Größen“, sagt er schulterzuckend. „Aber ich könnte mal sehen, ob ich das Bild noch etwas bearbeiten kann, sodass es klarer wird. Vielleicht können wir dann erkennen, was genau es ist.“

Seinem Vorschlag stimme ich sofort zu.

„Wie lange wird das in etwa dauern?“, frage ich ihn.

„Ich versuche mein Bestes, aber so etwa eine halbe Stunde werde ich schon daran sitzen“, antwortet er.

„Dann könnte ich doch in der Zwischenzeit etwas Essen gehen“, sage ich zu ihm, denn mein knurrender Magen bringt mich beinahe um.

„Natürlich, ich mache mich in der Zwischenzeit gleich ans Werk.“

Für eine Weile irre ich durch das Schiff. Es fällt mir wirklich schwer hier die Orientierung nicht zu verlieren. Am Schlimmsten ist es ja im Crewbereich, denn da sieht alles gleich aus. Die Wände sind alle grau und es hat eine Weile gedauert, bis ich zuvor den Videoraum gefunden habe.

Nun fiel es mir zwar leicht wieder in den Passagierbereich zu gelangen, aber ich habe keine Ahnung wo sich das nächste Restaurant befindet. Seufzend stoße ich den Atem aus.

Hildegard hat erwähnt, dass sich die meisten Restaurants im Heck des Schiffes befinden. Heck ist ganz hinten, das weiß ich. Nur mit Steuerboard und Backboard habe ich so meine Probleme, aber das ist im Moment nicht ausschlaggebend.

Ich arbeite mich einfach von Deck zu Deck nach oben, bis mir schließlich der Duft von frischem Essen in die Nase weht. Das hat ja wirklich nicht lange gedauert, denn ich bin erst drei Stockwerke hinaufgefahren.

Natürlich hätte es mir nicht geschadet, wenn ich die Treppe benutzt hätte, anstatt immer nur ein Deck mit dem Aufzug zu fahren. Aber durch die Ermittlungen bin ich sowieso ständig auf den Beinen. Mir ist aufgefallen, dass der Offizier fast ausschließlich das Treppenhaus benutzt, was wohl auch seine schlanke Figur erklärt. Selbst bei vier Decks sprintet er über die Stufen, anstatt einen der vielen Aufzüge zu nutzen.

Natürlich wollte ich mich ihm gegenüber nicht als faulen, alten Sack offenbaren, der ich natürlich eindeutig bin. Daher habe ich die Zähne zusammengebissen und bin ihm bisher immer ohne Einwände gefolgt.

Vielleicht sollte ich zuerst unserer Kabine einen Besuch abstatten und meine Frau suchen. Sie beschwert sich sowieso schon die ganze Zeit, dass sie mich kaum zu Gesicht bekommt. Andererseits müsste ich da wieder über das halbe Schiff laufen und jetzt bin ich doch dem Stillen meines Hungers schon so nahe.

Außerdem habe ich nur etwa eine halbe Stunde Zeit, bevor ich wieder zurück zum Videoraum muss, in der Hoffnung, dass der Kollege bis dahin schon ein brauchbares Bild zustande gebracht hat. Daher verwerfe ich den Gedanken Rosi zu suchen und begebe mich gleich in das Buffet-Restaurant.

Natürlich ist es auch heute wieder brechend voll hier und ich muss aufpassen, dass ich nicht ein paar kleine Kinder über den Haufen renne. Wie es aussieht, sind alle Gäste des Schiffes schrecklich hungrig und es wird sicherlich nicht ganz leicht einen freien Platz zu finden.

Ich sehe mich um und es dauert nicht lange, bis ich ein mir bekanntes Gesicht entdecke. Xaver sitzt an einem der Tische und schaufelt gerade eine gefüllte Gabel nach der anderen in seinen Mund.

Als er mich sieht, winkt er mir freudig zu. Er sitzt alleine an einem Vierertisch und ich bin mir ziemlich sicher, dass auch Hildegard und meine Rosi nicht weit sind.

„Ja Karl, sieht man dich auch mal wieder“, sagt er mit vollem Mund, als ich bei ihm ankomme.

„Du weißt ja, die Arbeit hält mich ganz schön auf Trapp“, entgegne ich und lasse mich neben ihn auf den Sessel fallen. „Sind unsere Frauen nicht da?“

„Doch die holen sich gerade etwas zu Essen“, sagt er und nickt mit dem Kinn in Richtung des Buffets.

„Das mache ich jetzt auch gleich mal. Immerhin habe ich nur eine knappe halbe Stunde Zeit.“

„Wieso, ist deine Mittagspause nicht länger?“, frotzelt er amüsiert.

„So könnte man es sagen“, erwidere ich seufzend.

Natürlich ist mir klar, dass Xaver meinen Einsatz hier nur begrenzt nachvollziehen kann. Er versteht noch weniger als meine Frau, dass meine Arbeit mir einfach im Blut liegt. Für mich war es nie nur irgendein Beruf, sondern eine wirkliche Berufung. Ich bin immer gerne zur Arbeit gegangen, deswegen war ich gleich damit einverstanden, auch nach meiner Pensionierung noch als Berater zu fungieren. Das ist auch der Grund, warum jetzt in diesem Fall, die Arbeit einfach den anderen zu überlassen und meinen Urlaub fortsetzen, als wäre nichts gewesen, einfach nicht möglich ist.

„Na, was beschert uns denn die Ehre?“, ruft meine Frau, als ich mich mit einem gut gefüllten Teller wieder unserem Tisch nähere.

Der vorwurfsvolle Unterton in ihrer Stimme ist nicht zu überhören und ich mache mich schon darauf gefasst, dass sie mir gleich eine Standpauke hält.

12. Kapitel

19. September, abends halb sechs mitten auf dem Meer

Die Vorwürfe meiner Frau waren weniger schlimm als ich gedacht habe. Sie hat es dabei belassen mir ein paar finstere Blicke zuzuwerfen. Vor allem, als ich mich nach kurzer Zeit schon wieder verabschieden musste. Auch das motiviert mich umso mehr, den Fall so schnell wie möglich zu lösen. Erst dann kann ich den Urlaub hier wieder genießen und Zeit mit meiner Frau und meinen Freunden verbringen.

Dieses Mal finde ich den Weg zum Videoraum schneller. Doch sobald ich den Crewbereich betrete ernte ich fragende Blicke. Dennoch werde ich von keinem der Angestellten angesprochen, was vermutlich daran liegt, dass ich mich hier unten nicht suchend umsehe, sondern entschlossen meinen Weg gehe.

Einige von ihnen kennen mich mittlerweile sicher auch schon. Immerhin bin ich nicht zum ersten Mal hier. Ich grüße sie freundlich, nicht nur weil ich ein freundlicher Mensch bin, sondern auch, damit keinem von ihnen Zweifel kommen, ich könnte vielleicht nicht hierhergehören.

Als ich schließlich beim Videoraum ankomme, werde ich bereits erwartet.

„Ich glaube damit können wir etwas anfangen", sagt der Mann, der zum Glück perfekt deutsch spricht.

Ein Vorteil hier ist, dass genügend Besatzungsmitglieder auch deutsch sprechen. So findet man immer jemanden, mit dem man sich verständigen kann, auch wenn es oft mal eine Weile dauert.

Hoffnungsvoll setze ich mich an den Bildschirm, auf dem das bearbeitet Foto zu sehen ist. Ich schiebe meine Brille auf die Nase und betrachte es ausgiebig.

„Das sieht ja wirklich aus wie eine große Tablette", sage ich zu dem Mann.

Ich bewundere ja all die Leute, die Kapseln in jeder Größe schlucken können. Es ist nicht so, dass ich ein Problem hätte, normale Tabletten runterzubringen, aber ab einer gewissen Größe fällt es mir schon recht schwer.

„Ich glaube nicht, dass es eine Tablette ist", sagt der Mann und beugt sich neben mir nach vorne, um auf den Bildschirm deuten zu können. „Sehen Sie, die Kapsel sieht doch aus, als wäre sie aus Metall oder?"

Bei genauerem Hinsehen muss ich ihm recht geben. Die Farbe der Kapsel ist grau und der leichte Glanz lässt darauf schließen, dass es sich tatsächlich um Metall handelt und nicht nur um eine gefärbte Kapselhülle.

„Sehe ich das richtig?“, frage ich den Mann neben mir und deute auf die Mitte der Kapsel, auf der sich ein schmaler, kaum sichtbarer Strich befindet. „Das ist doch eine Bruchstelle.“

„Sieht aus, als könnte man die Kapsel öffnen“, stimmt er mir zu.

„Wenn man sie öffnen kann, dann kann man sie auch mit etwas füllen. Etwa mit einem Pulver“, murmle ich nachdenklich.

„Das ist gut möglich.“

Er nickt mir zu, während mir langsam aber sicher klar wird, dass wir gerade eben die Tatwaffe gefunden haben.

„Hilft Ihnen das weiter?“, fragt der Mann mich hoffnungsvoll.

So wie es aussieht ist auch er an einer schnellen Klärung des Falls interessiert. Vor allem wohl auch, wenn er aktiv daran beteiligt ist.

„Ich glaube das hilft sogar sehr“, erwidere ich zufrieden.

Als hätte der Offizier unseren Erfolg gespürt, kommt er gerade zur Tür herein.

„Na, wie laufen die Ermittlungen?“, hakt er nach.

„Sehr gut“, erwidere ich. „Die Arbeit Ihres Kollegen war sehr erfolgreich.“

Der Mann, der mir gerade das Bild bearbeitet hat und dadurch einen Durchbruch schuf, lächelt zufrieden. Offensichtlich geht ihm mein Lob runter wie Öl und der Offizier nickt ihm lobend zu.

„Was haben Sie herausgefunden?“, hakt der Offizier sichtlich neugierig nach.

„Wir haben vermutlich die Tatwaffe“, erwidere ich geheimnisvoll.

Er runzelt die Stirn.

„Sehen Sie sich das an!“, fordere ich ihn auf und stehe von meinem Stuhl auf, damit er sich daraufsetzen kann.

Als er meiner Aufforderung nachgekommen ist, deute ich auf das Bild und den feinen Haarriss, der sich auf der Kapsel befindet. Natürlich handelt es sich dabei um keinen Haarriss, sondern um eine Sollbruchstelle, durch welche sich die Kapsel öffnen lässt. Ich bin mir absolut sicher, dass sich in dieser das giftige Pulver befunden hat. Die Frage ist nur, wo die Kapsel abgeblieben ist. Sie wurde weder bei Herrn Neubauer gefunden, noch in seiner Suite.

Auch auf dem Deck, auf welchem Herr Neubauer zusammengebrochen ist, konnte keine solche Kapsel sichergestellt werden. Ich habe keine Ahnung, wo das Ding abgeblieben ist. Aber sie kann sich ja nicht in Luft aufgelöst haben. Es sei denn jemand hat sie über Bord ins Meer geworfen. Dann finden wir das Ding nie mehr wieder.

„Sie denken die Kapsel war mit dem Gift gefüllt?“, fragt er mich und sieht mich dabei hoffnungsvoll an.

„Ich würde sagen, die Chancen stehen ziemlich gut“, antworte ich nickend.

„Aber dann müssten wir die Kapsel doch irgendwo gefunden haben oder?“, erwidert er.

„Es sei denn sie ist im Meer gelandet“, werfe ich seufzend ein.

„Dann bleibt sie für immer verschollen“, sagt er schulterzuckend.

„Aber, selbst wenn wir jetzt wissen, dass das Gift in der Kapsel gewesen sein könnte, wie finden wir denn heraus, wer Herrn Neubauer diese gegeben hat und vor allem, warum er dann ja offensichtlich das Gift selbst eingenommen hat? Schließlich war niemand bei Herrn Neubauer in der Kabine, das hätten wir auf den Videos gesehen.“

„Die Videos, in denen Herr Neubauer mit jemanden gesprochen hat, bin ich alle schon erneut durchgegangen. Nirgends ist zu sehen, dass ihm der Gesprächspartner diese Kapsel gegeben hat“, erkläre ich dem Offizier.

„Dann wurde sie ihm vermutlich in einem Bereich zugesteckt, welcher nicht videoüberwacht ist“, erwidert er.

„Oder es ging so schnell und verborgen vonstatten, dass man es auf dem Video einfach nicht sehen konnte.“

Bei meiner Aussage zuckt er die Schultern.

„Dann bleibt uns gar nichts anderes übrig, als dass wir nach dieser verdammten Kapsel suchen“, murmelt er.

„Auf dem Video haben wir ja gesehen, dass Herr Neubauer die Kapsel zwischen seinen Fingerspitzen begutachtet hat, bevor er in seine Suite gegangen ist“, fasse ich zusammen. „Dann können wir doch davon ausgehen, dass er den Inhalt höchstwahrscheinlich dort eingenommen hat.“

„Dann hätten wir sie aber doch in der Suite auch finden müssen und nicht nur meine Kollegen haben alles bis in die letzte Ecke abgesucht, sondern auch die Kollegen der Spurensicherungen, die extra aufs Schiff gekommen sind, haben nichts gefunden“, entgegnet der Offizier.

„Trotzdem muss sie dort irgendwo abgeblieben sein, vorausgesetzt sie ging nicht über Bord, wie man so schön sagt.“

„Also wollen Sie nochmal die komplette Suite absuchen?“, fragt der Offizier und wirkt dabei so gar nicht begeistert.

Ich nicke ihm zu und ziehe dabei meine rechte Schulter entschuldigend in die Höhe.

13. Kapitel

19. September, abends halb sieben mitten auf dem Meer

Auf allen Vieren krabbelte ich schon durch die gesamte Suite auf der Suche nach Ecken, in denen sich die Kapsel verstecken könnte. Leider sind wir bisher noch nicht fündig geworden und das obwohl der Offizier ein Team von acht Mann organisiert hat.

Seufzend stehe ich auf der Veranda der Kabine, die größer ist, als meine Terrasse daheim. Ich lasse meinen Blick in die Ferne schweifen und beobachte gedankenverloren die Fischkutter, die in weiter Ferne parallel zu uns übers Meer schippern.

Hier wirkt alles friedlich und die Aussicht ist wirklich wunderschön. In der Ferne erkennt man das Festland, wobei ich noch nicht einmal weiß, wo auf dem Meer wir uns gerade befinden. Bisher hatte ich einfach keine Zeit mich genauer mit der Route zu befassen. Da müsste ich meine Frau oder Hildegard fragen. Die wüssten mit Sicherheit wo wir gerade sind.

Nach einer Weile richte ich meinen Blick wieder auf den Verandaboden. Es ist eigentlich völlig unnötig mich noch einmal damit zu befassen, denn mittlerweile wurde hier alles schon von vielen Leuten mehrmals und überaus genau untersucht. Würde sich auf dieser Veranda eine Kapsel befinden, dann wäre sie bereits gefunden worden.

Ich habe auch schon erwähnt, dass die Kapsel vielleicht unter der Balkonabtrennung liegen könnte, die zwischen den Kabinen als Sichtschutz dient, und welche für die Reinigung auch geöffnet werden kann. Doch auch da hat das Besatzungspersonal schon nachgesehen und nichts gefunden.

Da auch die zwei Balkone rechts und links von Herrn Neubauers Suite untersucht wurden, können wir auch ausschließen, dass die Kapsel sich vielleicht dort befindet. Selbst im Ablauf, der sich auf der Veranda befindet, hat die Crew bereits nachgesehen. Ich dachte ja, dass womöglich der Regen die Kapsel entweder in den Ablauf, oder vielleicht auf einen nebenliegenden Balkon geschwemmt hat. Aber nichts davon scheint eingetreten zu sein.

Die Befürchtung, dass die Kapsel im Meer verschwunden ist, verstärkt sich immer mehr. Vermutlich ist unsere Suche hier einfach umsonst und wir vergeuden nur wertvolle Zeit.

Die Suiten sind hier so angeordnet, dass sie übereinander liegen. Unter dieser Veranda hat man einen freien Blick auf ein Stück der unteren Veranden. Vermutlich ist das für die Gäste darunter nicht sonderlich störend, da der Großteil ihrer

Veranda zurückversetzt ist und so ihre Privatsphäre gewahrt bleibt.

Mein Blick fällt auf ein kleines Mädchen, welches direkt unter mir spielt. Sie schert sich offensichtlich noch nicht um Privatsphäre, denn sie spielt mit ihrer Puppe ohne einen Blick nach oben zu verschwenden.

Eine Weile sehe ich ihr zu und beneide sie um ihre kindliche Unbeschwertheit. Ihr ist es vermutlich egal, dass ein Mann auf diesem Schiff verstorben ist. Für sie ist nur wichtig, dass sie in Ruhe mit ihrer Puppe spielen kann.

Sie hat ein Schmuckstück in der Hand, welches einer Kette mit Anhänger gleicht. Sieht aus, als würden reiche Kinder auch mit teuren Sachen spielen. Ich kann es natürlich auf die Entfernung nicht genau erkennen, doch es sieht aus, als würde es sich um echten Schmuck handeln. Es ist definitiv kein Plastik-Puppen-Schmuck.

Meine Augen lassen vorwiegend beim Lesen nach. Auf weite Entfernungen kann ich für mein Alter noch recht gut sehen. Daher glaube ich auch zu erkennen, dass es sich bei dem Anhänger um eine konische Form handelt. Fast so, wie die Kapsel, nach der wir schon stundenlang suchen.

Natürlich ist es überaus unwahrscheinlich und vermutlich werde ich für meinen Verdacht gleich eine gerunzelte Stirn und das ein oder andere Lachen ernten. Doch wenn auch nur ein Funke Hoffnung besteht, dann muss ich dem nachgehen. Vor allem, da es für die Kleine lebensgefährlich sein könnte, wenn sie tatsächlich mit der Kapsel spielt, in der sich das tödliche Gift befunden hat.

Der Offizier kommt zu mir, nachdem ich ihm zugewunken habe. Man sieht ihm an, dass er diese Aktion hier für völlig überflüssig hält. Aber da wir im Moment sonst keinerlei andere Spuren haben, müssen wir eben diesen folgen.

„Sehen Sie sich mal an, womit das Mädchen da unten spielt!“, fordere ich ihn auf, als er endlich bei mir ankommt.

Er runzelt die Stirn, bevor er einen Blick über die Reling wirft.

„Was soll ich da sehen?“, fragt er schulterzuckend. „Ein kleines Mädchen, das mit ihrer Puppe spielt.“

„Sehen Sie sich mal die Kette genauer an, die sie der Puppe um den Hals gehängt hat!“, fordere ich ihn auf.

Es dauert eine Weile, bis er die Augen verengt und angestrengt nach unten sieht.

„Sie glauben doch nicht, dass der Anhänger …“

Er bricht seine Aussage ab und lässt den Rest unausgesprochen, weil er vermutlich davon ausgeht, dass es nicht möglich sein kann.

„Wenn doch, könnte es für das Mädchen gefährlich werden, falls sich noch Spuren des Giftes in oder an der Kapsel befinden“, entgegne ich.

Natürlich ist dies nicht der einzige Grund, warum wir die Kapsel sicherstellen müssen, falls es unsere

Gesuchte ist. Allerdings steht die Klärung des Falls in diesem Fall definitiv an zweiter Stelle. Das Leben und die Gesundheit des Mädchens haben natürlich Vorrang.

Der Offizier verschwindet ins Innere der Suite, bevor er kurz drauf mit einem Fernglas in der Hand zurückkommt. Er sieht hindurch nach unten und dreht an dem kleinen Rädchen, das sich am Fernglas befindet. Am liebsten würde ich es ihm aus der Hand nehmen und selbst hindurchsehen, um mich davon zu überzeugen, dass wir unsere Kapsel gefunden haben. Allerdings habe ich genügend Anstand um diesem Drang zu widerstehen.

„Ich kann es kaum glauben", murmelt der Offizier und lässt das Fernglas sinken.

Er wirkt etwas überfordert.

„Darf ich mal?", frage ich ihn und deute auf das Fernglas in seiner Hand.

Ohne ein Wort nickt er und überreicht es mir. Ich sehe hindurch und mir wird schnell klar, dass meine Augen mich nicht getäuscht haben.

„Wir müssen sofort da runter", sage ich zu dem Offizier, der gerade wie versteinert dasteht.

Offensichtlich ist ihm die potenzielle Gefahr mittlerweile bewusst geworden und ich bin sicher, dass die Vorstellung, die Reederei könnte mit einem weiteren toten Passagier, und dann auch noch den eines kleinen Mädchens, mehr als nur in Verruf geraten. Solche schrecklichen Vorfälle können das

Ende der ganzen Reederei bedeuten, auch wenn es sich nur um einen unbeabsichtigten Unfall handeln würde.

Er nickt kaum merklich, bevor er im Laufschritt die Suite durchquert und anschließend den langen Flur betritt. Ich bin direkt hinter ihm, merke allerdings schnell, dass ich bei diesem Tempo nicht sonderlich lange Schritt halten kann. Kein Wunder, die Beine des Kerls sind beinahe doppelt so lange wie meine. Außerdem ist er jung und fit, ganz im Gegensatz zu mir.

Das Treppenhaus befindet sich in unmittelbarer Nähe zu der Suite von Herrn Neubauer. Natürlich sind hier auch die Aufzüge, doch so wie ich den Offizier kenne, nehmen wir mal wieder die Treppe.

Ich lag natürlich mit meiner Vermutung richtig und kurz darauf hechte ich über die Treppe nach unten, um den Anschluss nicht zu verlieren. Zum Glück ist es lediglich ein Deck und somit stehen wir kurz darauf vor der Kabinentür zur besagten Suite und der Offizier klopft kräftig dagegen. Anhand der Stärke seines Klopfens wird deutlich wie sehr er sich sorgt. Denn ich weiß, wie er klopft, wenn es ihm unangenehm ist, dass er die Gäste in ihrer Urlaubsentspannung stören muss.

14. Kapitel

19. September, abends halb acht mitten auf dem Meer

Ungeduldig stehen wir vor der Kabinentür und als diese nicht geöffnet wird, klopft mein Begleiter erneut. Diesmal mit noch mehr Schmackes. Wenn sich in der Kabine jemand befindet, dann muss er das Klopfen auch gehört haben.

Endlich wird diese auch geöffnet und der Offizier nickt der jungen Frau knapp zu.

„Entschuldigen Sie bitte die Störung, aber wir glauben Ihre Tochter spielt gerade mit einem Anhänger, der für sie gefährlich werden könnte."

Die Frau sieht den Offizier stirnrunzelnd an.

„Woher wollen Sie denn wissen, womit die Kleine spielt?", fragt sie irritiert. „Wird die Kabine etwa videoüberwacht?"

Entsetzt sieht sie uns an.

„Natürlich nicht, aber wir ermitteln gerade bezüglich des Todes eines Gastes und die Suite befindet sich genau über der Ihren. Daher konnten wir von oben aus erkennen, dass Ihre Tochter vermutlich mit dem Gegenstand spielt, in dem sich wahrscheinlich das Gift befand, an dem der Gast verstorben ist."

Die Erklärung ist für meine Begriffe viel zu lange. Keine Ahnung warum der Offizier damit so viel Zeit verschwendet. Immerhin ist hier ein Kinderleben in Gefahr, da sollte man sich doch nicht mit Worten aufhalten.

„Jetzt ist keine Zeit für Erklärungen, bitte lassen Sie uns durch!“, fordere ich sie daher auf.

Sie zögert, tritt dann allerdings doch beiseite. So wie es scheint erkennt sie den Ernst der Lage nicht, denn ansonsten würde sie bereits zu ihrer Tochter stürmen und ihr die Kapsel entreißen.

„Was ist hier los?“, fragt der Mann, der sich in der Suite befindet.

Bei ihm handelt es sich offensichtlich um den Vater des Kindes.

„Deine Tochter hat offensichtlich etwas Gefährliches zum Spielen gefunden“, informiert die Frau ihn.

Jetzt wird mir auch klar, warum sie nicht soeben losgestürmt ist, um ihre Tochter zu retten. Es handelt sich bei dem Mädchen gar nicht um ihre Tochter, sondern um das Kind ihres Partners. Das erklärt auch, warum die Frau eigentlich zu jung ist, um die Mutter des Mädchens zu sein. Es ist natürlich möglich, dass Frauen schon sehr jung Mütter werden, doch zumindest nicht die Regel.

Der Mann hingegen stürmt sofort los auf die Veranda.

„Schatz, lass bitte sofort deine Spielsachen los!“, sagt er zu seiner Tochter.

Das Mädchen sieht zu ihm auf.

„Warum denn?“, fragt sie.

Glücklicherweise hat sie die Kapsel nicht mehr in der Hand, denn diese baumelt an einer Kette, welche sie der Puppe angelegt hat.

„Komm her zu mir, dann erkläre ich es dir.“

Seine Stimme ist dabei ruhig und einfühlsam, auch wenn man ihm die Panik deutlich anmerkt. Als die Tochter sich in Richtung der Puppe beugt stößt er einen spitzen Schrei aus.

„Nein, lass die Puppe liegen!“, ruft er aufgebracht.

„Aber das ist meine Lieblingspuppe“, entgegnet sie.

„Du bekommst sie auch wieder“, erklärt ihr der Offizier. „Wir müssen sie nur untersuchen.“

„Ist sie etwa krank?“, hakt sie nach.

„Ja genau, sie ist krank. Und der nette Mann hier, macht sie ganz schnell wieder gesund“, erklärt ihr der Vater.

„Na gut“, murmelt die Kleine und geht zu ihrem Vater.

„Fassen Sie ihre Hände nicht an!“, fordere ich ihn auf.

„Der Schiffsarzt ist schon unterwegs“, sagt der Offizier.

Ich habe gar nicht mitbekommen, dass er diesen bereits informiert hat. Eins muss man ihm ja lassen, auch wenn seine kriminaltechnischen Fähigkeiten eingeschränkt sind, seinen Job als Schiffsoffizier macht er wirklich gut.

„Da ist die Kapsel“, murmle ich und beuge mich hinunter.

Bevor ich sie anfasse, ziehe ich mir Handschuhe über, die ich mir schon zu Beginn der Ermittlungen besorgt habe und in weiser Voraussicht immer ein Paar einstecken habe.

Ich ziehe die Kette vorsichtig über den Puppenkopf und lasse die Kapsel vor meiner Nase baumeln. Auf dem Video, in dem das Opfer die Kapsel zwischen seinen Fingern hielt, konnte man nicht erkennen, dass diese eine kleine Öse auf einer Seite hat, an der man die Kapsel an einer Kette befestigen kann. Sie wurde durch die Fingerspitze von Herrn Neubauer verdeckt.

„Sobald der Schiffsarzt die Kleine untersucht hat, müssen wir mit ihr reden“, sage ich zu dem Offizier, nachdem die Kleine mit ihrem Vater und dem Arzt die Kabine verlassen haben.

„Hoffentlich ist sie in Ordnung“, erwidert dieser.

„Ich bin sicher, wenn sie wirklich vergiftet wäre, dann hätte sie schon Symptome gezeigt. Immerhin spielt sie mit der Kette vermutlich schon länger.“

„Hoffentlich haben Sie recht“, murmelt er.

„Ich bringe diese Kapsel zur Untersuchung zu den Kollegen der Spurensicherung und Sie bringen in

Erfahrung, wie es der Kleinen geht", schlage ich ihm vor.

Die Kollegen vom Festland haben sich im Unterdeck des Schiffes einen Raum als Labor eingerichtet. Dort führen sie ihre Untersuchungen durch und daher muss die Kapsel so schnell wie möglich zu ihnen, damit wir wissen, ob es sich wirklich um unsere Tatwaffe handelt.

Ich bin ziemlich sicher, dass dem so ist. Nur wissen wir dann noch immer nicht, wer ihm diese Kapsel gegeben hat, oder ob er sie womöglich sogar selbst dabeihatte, um sich damit selbst zu töten.

Allerdings hätte er sie dann vermutlich nicht spazieren getragen und sie im Flur so genau betrachtet. In diesem Fall hätte er sie wohl in seiner Kabine gelassen. Außerdem hätte er bei einem Suizid seine Kabine nicht mehr verlassen, nachdem er das Gift genommen hatte. Wenn ich mich mit Gift umbringen wollte, dann würde ich mich nach dem Verzehr ins Bett legen und auf den Tod warten.

Außerdem gab es bisher keine Hinweise auf Depression oder Selbstmordgedanken des Opfers. Er wirkte glücklich und mit sich im Reinen. Hat sogar noch weitere Reisen gebucht, was auch ein klares Zeichen dafür ist, dass er sich nicht umbringen wollte.

Hoffentlich finden wir bald heraus, wie genau dieser Mann gestorben ist. Wer ihm das Gift gegeben hat und warum er es genommen hat. Womöglich dachte er ja, das Pulver würde ihm guttun, wie eine

Art Nahrungsergänzungsmittel. Immerhin nehmen viele Menschen solche Dinge, die in meinen Augen völlig nutzlos sind. Meine Frau sieht das auch etwas anders, denn sie holt auch ab und an kleine weiße Kügelchen hervor, die für Gott weiß was nützlich sein sollen.

Ich finde schon beim ersten Versuch das Labor und das obwohl ich erst zweimal hier war. Langsam aber sicher funktioniert meine Orientierung hier ganz gut. Wenn die Reise vorbei ist könnte ihr hier sogar anheuern. Wobei die Crew hier fast ausschließlich aus jungen Leuten besteht. Vermutlich werden Pensionäre hier nicht beschäftigt.

Erst als ich vor der Labortüre stehe, wird mir klar, dass ich die Aufgaben falsch verteilt habe. Ich hätte mich mit dem Schiffsarzt treffen und den Offizier ins Labor schicken sollen. Er könnte ihnen zumindest erklären, was sie mit der Kapsel tun sollen. Ganz im Gegensatz zu mir, denn die sprechen alle nur englisch.

15. Kapitel

19. September, abends halb neun mitten auf dem Meer

Glücklicherweise konnte ich den Kollegen auch ohne Englischkenntnisse verdeutlichen, dass sie die Kapsel untersuchen sollen. Zumindest hoffe ich das. Eigentlich ist es ja fast selbsterklärend, wenn man bedenkt, dass wir schon die ganze Zeit nach einer Kapsel suchen, in der das Gift gewesen sein könnte.

Nun bin ich auf dem Weg zum Schiffsarzt, denn dort befindet sich das kleine Mädchen. Glücklicherweise ist sie gesund und es gibt keine Vergiftungsanzeichen, das hat mir der Offizier über Funk ausrichten lassen.

Kurz brauche ich einen Moment, um mich zu orientieren, in welche Richtung ich muss, um zum Schiffsarzt zu gelangen. Ich nehme den Aufzug. Nicht, weil es so viele Decks sind, sondern weil ich zu faul bin, um noch mehr rumzulaufen. Heute habe ich sowieso schon so viele Kilometer auf dem Buckel, dass meine Fußsohlen brennen.

Als ich dort ankomme, sitzt das kleine Mädchen auf einer Untersuchungsliege und lässt die Beine baumeln. Sie drückt ihre Puppe an ihre Brust, die offensichtlich vom Arzt auch schon freigegeben wurde. Wie es aussieht hat die Puppe nichts von dem Gift abbekommen und da der Vater des Mädchens nicht mehr sonderlich besorgt aussieht gehe ich davon aus, dass auch sie keine Vergiftung erlitten hat.

Vielleicht haben wir uns ja geirrt und in der Kapsel war gar kein Gift. Allerdings würde das auch bedeuten, dass wir der Klärung des Falls keinen Schritt nähergekommen sind. Daher hoffe ich noch, dass die Ergebnisse positiv ausfallen. Auch wenn ich natürlich sehr froh bin, dass es dem Mädchen gut geht.

Als ich bei ihnen ankomme, befragt der Offizier gerade das kleine Mädchen. Offensichtlich ist er mit der Befragung schon fertig, denn er nickt dem Vater dankbar zu.

„Wir melden uns, falls wir noch Fragen haben“, sagt er zu ihm, bevor er zu mir kommt.

Ich bin nicht sicher, ob er die Befragung jetzt schnell beendet hat, weil ich dazustoße und er nicht möchte, dass ich ihnen auch noch Fragen stellen würde, die seiner Meinung nach unangemessen wären, oder ob er mit der Befragung tatsächlich schon fertig ist.

„Ist das Mädchen in Ordnung?“, frage ich ihn, als der Vater und seine Tochter das Schiffshospital verlassen haben.

„Ja, sie zeigt keinerlei Vergiftungsanzeichen und auch die Blutuntersuchung hat nichts ergeben. Sie hat glücklicherweise nichts von dem Gift abbekommen.“

„Woher hatte sie die Kapsel?“, hake ich nach.

„Sie hat sie auf dem Balkon gefunden, also offensichtlich hat sie jemand runtergeworfen, oder sie ist unabsichtlich runtergefallen“, antwortet er.

„War die Kapsel an der Kette befestigt, als sie ihn gefunden hat?“

Bei meiner Frage schüttelt der Offizier den Kopf.

„Sie hat gesagt, dass sie diesen an eine ihrer Ketten befestigt hat, um sie der Puppe anzulegen.“

„Dann war offensichtlich außen kein Gift dran, sonst hätte die Kleine sicherlich etwas abbekommen“, murmle ich nachdenklich.

„Oder es war so wenig, dass es keine Auswirkungen hatte“, wirft der Arzt ein.

„Glücklicherweise ist dem Mädchen nichts passiert“, sagt der Offizier erleichtert.

„Das ist jetzt erst einmal das Wichtigste“, stimme ich ihm zu. „Als nächstes müssen wir die Untersuchung der Kapsel abwarten. Die Kollegen haben sich gleich ans Werk gemacht, auch wenn die Verständigung etwas schwierig war.“

„Ach, das habe ich ja ganz vergessen. Die sprechen nur englisch.“

„Kein Problem“, winke ich ab. „Es war nicht sehr schwer für sie zu erahnen, dass sie die Kapsel auf Giftrückstände untersuchen sollen.“

Da es schon sehr spät ist und die Kollegen sicher noch einige Zeit benötigen, um die Kapsel genau zu untersuchen, beschließen der Offizier und ich uns ein paar Stunden aufs Ohr zu hauen. Er hat mir versprochen, dass er mich weckt, sobald wir die Ergebnisse haben.

Als ich in die Kabine komme, fehlt von meiner Rosi jede Spur. So wie es aussieht ist sie noch irgendwo auf dem Schiff unterwegs. Offensichtlich macht sie sich auch ohne mich eine schöne Zeit hier. Gut so, dann wirft sie mir anschließend nicht vor, ich hätte keine Zeit für sie gehabt. Zumindest hoffe ich das.

Ich ziehe lediglich meine Hose aus, damit ich schnell wieder angezogen bin, wenn mein Funkgerät losgeht und ich vom Offizier kontaktiert werde. Als ich im Bett liege, fällt es mir schwer einzuschlafen. Mir geht viel zu viel durch den Kopf und der Fall lässt mich einfach nicht zur Ruhe kommen.

Da hilft es auch nichts, dass es hier auf dem Schiff kaum merklich schaukelt. Eigentlich habe ich die letzten Tage sehr gut geschlafen, denn ebendieses Schaukeln lässt mich schlafen wie ein Baby. Zumindest war es bisher so. Doch jetzt ist alles anders und vermutlich würde mir lediglich ein Schlag auf den Hinterkopf helfen.

Gerade als ich endlich kurz davor bin wegzudriften, öffnet sich die Kabinentür und meine

Frau kommt herein. Sie knipst das Licht an und das lässt meine Augen schmerzen.

„Das ist so hell, bitte mach das Licht aus!“, murmle ich und lege meinen Unterarm über meine Augen.

„Du bist ja hier“, sagt sie überrascht.

„Ja, aber ich habe nur ein paar Stunden Zeit, wenn überhaupt. Also könntest du bitte das Licht ausmachen, damit ich wenigstens noch etwas Schlaf bekomme?“

„Hast du jetzt nicht einmal mehr Zeit zum Schlafen?“, fragt sie vorwurfsvoll. „Das hier sollte eigentlich Urlaub sein und du arbeitest noch mehr als daheim.“

„Ja ich weiß, aber es dauert ja so oder so nur noch bis morgen, denn wenn wir den Fall nicht gelöst haben, bis wir im Hafen anlegen, dann übernehmen sowieso andere die Ermittlungen.“

„Und das willst du natürlich auf jeden Fall verhindern“, seufzt sie.

Sie kennt mich einfach zu gut. Daher ist sie auch so nett und knipst die kleine Lampe neben ihrem Bett an, bevor sie das grelle Deckenlicht löscht. Ich höre zwar, wie sie ins Badezimmer geht und sich dort bettfertig macht, aber versuche die Geräusche zu ignorieren.

Ich lege die Hand auf mein Ohr und versuche so alles auszublenden. Nicht nur Rosi macht Lärm, sondern von draußen höre ich auch laute Stimmen.

Offensichtlich streiten unsere Nachbarn gerade auf ihrem Balkon, und haben auch kein Problem damit, dass es andere Menschen mitbekommen.

Wie soll man denn bei diesem Krach schlafen?

Genervt stehe ich auf und schließe die Balkontür. Eigentlich genieße ich ja das Rauschen des Meeres, das man hier von draußen hören kann. Aber in diesem Fall muss ich wohl darauf verzichten, denn es hört sich nicht so an, als würden die beiden ihren Streit schon bald beenden. Ich kann sie sogar bei geschlossener Tür noch hören.

Als ich wieder im Bett liege und die Augen schließe, kommt Rosi aus dem Badezimmer.

„Warum ist denn die Balkontür zu?“, fragt sie. „Du weißt doch, dass ich nur bei geöffnetem Fenster schlafen kann.“

„Draußen ist so ein Lärm, da kann ich unmöglich schlafen“, erwidere ich.

Ich verkneife mir den Hinweis, dass ich, wenn es so weitergeht überhaupt keinen Schlaf mehr bekomme. Stattdessen versuche ich alle Gedanken auszublenden und endlich in den Schlaf zu finden.

16. Kapitel

20. September, irgendwann in der Nach mitten auf dem Meer

Die Stimme des Offiziers reißt mich aus dem Schlaf. Sie hört sich verzerrt an und es dauert eine Weile, bis mir klar wird, dass er durch das Funkgerät spricht.

„Herr Ramsauer, können Sie mich hören?“

Ich knipse das kleine Licht neben dem Bett an, bevor ich nach dem Funkgerät greife.

„Was ist denn jetzt los?“, murmelt Rosi verschlafen.

„Nichts, schlaf weiter!“, fordere ich sie auf, bevor ich durch das Funkgerät spreche und mit dem Offizier einen Treffpunkt ausmache.

Schnell schlüpfe ich in meine Hose und ziehe sie mir über den Hintern. Im Badezimmer putze ich mir noch kurz die Zähne, bevor ich mich auf den Weg zum Treffpunkt mache. Dieser befindet sich bei den Kollegen der Spurensicherung, die mit der Untersuchung der Kapsel fertig sind. Sie haben glücklicherweise eine Nachtschicht eingelegt und ich bin schon sehr gespannt auf die Ergebnisse.

Kurz darauf komme ich dort an und auch der Offizier ist schon vor Ort. Die Kollegen erklären ihm gerade ihre Ergebnisse. Zumindest gehe ich davon aus, denn ich verstehe leider kein Wort. Sobald ich wieder daheim bin, melde ich mich in einem Englischkurs an!

Angespannt warte ich, bis der Offizier alles für mich übersetzt.

„In der Kapsel wurden Rückstände des Giftes gefunden, an dem Herr Neubauer gestorben ist. Leider konnten sie auf der Kapsel nur die Fingerabdrücke des Mädchens sicherstellen, alle anderen waren nicht mehr nachweisbar."

„Zumindest wissen wir jetzt wie das Gift an Bord gekommen ist", murmle ich nachdenklich.

„Nur noch nicht von wem", entgegnet er.

Ich runzle nachdenklich die Stirn, bevor ich den Offizier ansehe.

„Sie haben doch von allen Gästen an Bord ein Foto gemacht, als diese an Bord gegangen sind?"

Ich kann mich noch gut daran erinnern, dass ich die junge Frau gefragt habe, ob das denn sein muss, weil ich so gar nicht fotogen bin. Sie hat gesagt, dass auf jede Bordkarte ein Foto gespeichert wird, um die Gäste beim Landgang eindeutig identifizieren zu können. Die Bordkarte fungiert während der Reise als Ausweisdokument, nur dass man das Foto auf der Karte nicht sehen kann, weil es lediglich digital hinterlegt ist.

Der Offizier nickt mir zu und runzelt die Stirn. Offensichtlich weiß er nicht, worauf ich hinaus möchte. Es ist wesentlich einfacher mit Hansi und Simone zusammenzuarbeiten. Wir verstehen uns beinahe blind, und wenn ich ihnen gegenüber eine solche Andeutung machen würde, wüssten sie sofort was ich meine.

„Vielleicht werden wir ja auf den Fotos fündig“, sage ich geheimnisvoll, denn spätestens jetzt müsste es auch bei jemanden Klick machen, der keine kriminalistische Ausbildung hat.

„Sie meinen, die Kapsel wurde von jemanden als Schmuckstück getragen?“, fragt er nach kurzer Bedenkzeit.

Also hat er meinen Hinweis verstanden und ich nicke zustimmend.

„Wir können die Datenbank durchklicken, aber auf dem Schiff sind über viertausend Leute“, sagt er.

„Haben Sie auch Bilder von der Belegschaft in der Datenbank?“, hake ich nach.

Nun ist er es der nickt und wir machen uns erneut auf den Weg. Ich folge dem Offizier und wieder bewegen wir uns in den unteren Decks, die nur der Crew zugänglich sind. Der Offizier öffnet eine Tür zu einem Raum, in dem sich zwei Schreibtische und zwei Computer befinden.

„Hier können wir die Fotos in Ruhe durchgehen“, schlägt er vor.

„Zu zweit könnte das eine Weile dauern“, murmle ich.

„Ich habe schon einen Kollegen informiert. Wir teilen uns die Arbeit auf“, entgegnet er.

„Dann sehe ich mir die Crewbilder an“, schlage ich vor, denn ich befürchte, dass die Kollegen hier an Bord da nicht ganz unvoreingenommen sind.

Der Offizier tippt auf der Tastatur herum, bevor er vom Schreibtischstuhl aufsteht und mir andeutet, ich solle mich hinsetzen. Anschließend erklärt er mir, wie ich mich durch die Fotos klicken kann. Ich hole meine Lesebrille aus der Tasche und schiebe sie mir auf die Nase.

Anschließend sehe ich mir die Bilder nacheinander ganz genau an. Sobald ich erkenne, dass jemand auf dem Foto eine Kette trägt, zoome ich die Stelle näher heran, um zu überprüfen ob sich ein Anhänger daran befindet.

Alle die ohne Kette oder Anhänger sind, lege ich in einen Ordner ab und alle, bei denen ich es nicht genau sagen kann, weil die Kette unter dem Oberteil des Trägers verschwindet, lege ich in einem gesonderten Ordner ab. So können wir schon einen Großteil ausschließen, auch wenn die Kapsel natürlich genauso gut in einer Hosentasche, einem Rucksack oder sonstigen Verstecken transportiert werden hätte können.

Diese Arbeit ist für meine Augen ziemlich anstrengend, was vermutlich auch daran liegt, dass ich nicht wirklich viel geschlafen habe. Allerdings bin ich nicht der Einzige, der sich hier die Nacht um die

Ohren geschlagen hat. Vermutlich bin ich noch derjenige, der am meisten Schlaf erwischt hat. Daher darf ich mich hier auch auf keinen Fall beschweren. Immerhin bin ich es, der diese Ermittlungen unnachgiebig vorantreibt.

Die meisten der Angestellten tragen keine Kette auf den Fotos, oder so deutlich, dass man die Anhänger genau erkennen kann. Daher ist der Ordner mit den ungeklärten Kettenanhängern ziemlich klein. Es befinden sich nur wenige Bilder darin. Dabei bin ich fast mit der Durchsicht fertig.

„Ich glaube das ist der Kapselanhänger“, sagt der Offizier plötzlich aufgebracht und sieht ungläubig zu mir rüber.

Sofort erhebe ich mich von meinem Stuhl und umrunde den Schreibtisch, um einen freien Blick auf seinen Bildschirm zu haben. Tatsächlich hängt an der Kette der älteren Frau unsere gesuchte Kapsel.

„Nun wissen wir zumindest, wer die Kapsel an Bord gebracht hat“, sagt der Offizier.

„Womöglich sogar, wer für den Tod von Herrn Neubauer verantwortlich ist“, entgegne ich.

„Aber die Frau war bisher im Zusammenhang mit Herrn Neubauer noch gar nicht auffällig“, sagt der Offizier, und spricht damit genau das aus, was mir gerade auch durch den Kopf geht.

„Ich weiß, aber vermutlich gibt es da einen Zusammenhang, den wir nur noch nicht gefunden haben“, entgegne ich. „Wir müssen sofort mit der Frau sprechen.“

Der Offizier wirft einen Blick auf seine Armbanduhr, bevor er mich mit hochgezogenen Augenbrauen ansieht.

„Es ist gerade einmal kurz nach sieben Uhr. Da können wir unmöglich an die Kabinentür einer Passagierin klopfen.“

„Wir können und wir müssen“, erwidere ich und hoffe der Mann kann meine Entschlossenheit spüren.

„Die Frau schläft ganz bestimmt noch, was ihr im Urlaub auch keiner verdenken kann. Sie hat das Recht auf eine ungestörte Nachtruhe!“

Ich zucke die Schultern.

„Im Moment ist sie unsere einzige Verdächtige, da wird sie es uns hoffentlich nachsehen, wenn wir sie aus dem Bett werfen.“

Sein Mund klappt auf und er sieht mich an, als könnte er nicht glauben, was ich da gerade gesagt habe. Dabei ist das definitiv mein voller Ernst. Mit gestrafften Schultern und gerecktem Kinn, sehe ich auf den Bildschirm.

„Wo kann man sehen, in welcher Kabine die Frau wohnt?“, hake ich nach.

Der Offizier schüttelt ungläubig den Kopf, bevor er seufzend den Atem ausstößt.

17. Kapitel

20. September, morgens halb acht mitten auf dem Meer

Ich habe noch eine ganze Weile mit dem Offizier diskutiert, aber schließlich habe ich mich doch durchgesetzt. Bevor der Offizier gegen das Türblatt der Kabine klopft, wirft er mir noch einen fragenden Blick zu. Vielleicht hofft er ja, ich könnte mich doch noch erweichen lassen und die Befragung um ein oder zwei Stunden verschieben. Doch dafür haben wir keine Zeit, daher nicke ich ihm auffordernd zu.

Für den Bruchteil einer Sekunde schließt er seine Lider und atmet angespannt aus. Die Situation gefällt ihm gar nicht und daraus macht er auch kein Geheimnis. Für meine Begriffe klopft er viel zu leise an die Tür.

„Das hat sie sicherlich nicht gehört", sage ich und sehe ihn tadelnd an.

„Warten wir noch einen kurzen Moment, dann versuche ich es erneut", erwidert er.

Ich spare mir einen weiteren Kommentar und seufze nur leise. Als der Offizier erneut an die Tür klopft, ist es ein kleines bisschen stärker, dennoch bezweifle ich, dass dieses Klopfen gehört wird.

Doch tatsächlich hört man nun leise Geräusche aus der Kabine. Offensichtlich ist es dem Offizier diesmal gelungen die Frau zu wecken. Es dauert noch eine Weile, bevor die Kabinentür geöffnet wird und die Frau vor uns steht, die wir auf dem Bild gesehen haben. Sie wirkt ziemlich verschlafen und hat sich in ihren Bademantel gewickelt.

„Geht das Schiff unter?“, fragt sie mit heiserer Stimme.

„Nein, keine Sorge, es ist alles in Ordnung“, antwortet der Offizier.

„Und warum um Himmels Willen klopfen Sie dann um diese Uhrzeit an meine Tür?“, hakt sie nun hörbar sauer nach.

„Die Störung tut mir schrecklich leid“, entschuldigt sich der Offizier, während ich mir ein Augenrollen verkneife. „Aber wir müssen Ihnen dringend ein paar Fragen stellen.“

„Und das muss ausgerechnet jetzt sein?“, hakt sie nach.

Es ist weder zu übersehen, noch zu überhören, dass sie richtig sauer ist. Der Offizier kennt offensichtlich seine Gäste sehr gut, denn er hat schon zuvor angemerkt, dass die Passagierin so reagieren wird.

„Es geht hier um die Ermittlung des Todes eines anderen Passagiers“, erkläre ich ihr und kann den vorwurfsvollen Unterton nicht ganz verhindern. „Also ja, die Fragen müssen wir Ihnen jetzt stellen.“

„Na dann stellen Sie schon Ihre Fragen, wenn es unbedingt sein muss!“, brummt sie grimmig.

„Als Sie das Schiff betreten haben, da trugen Sie einen Anhänger an einer Kette um Ihren Hals“, erklärt ihr der Offizier. „Könnten wir den bitte einmal sehen?“

„Haben Sie eine Ahnung wie viele Ketten ich besitze?“, erwidert sie schroff. „Woher soll ich jetzt wissen, welche Kette Sie meinen.“

„Es handelt sich bei dem Anhänger um eine Kapselform“, erkläre ich ihr.

„So einen habe ich nicht“, entgegnet sie und verschränkt ihre Arme vor der Brust.

„Aber Sie hatten diesen Anhänger, als Sie aufs Schiff gekommen sind“, sage ich, als der Offizier hilfesuchend zu mir sieht.

„Wie kommen Sie darauf?“

Sie runzelt die Stirn und sieht mich misstrauisch an.

„Auf dem Foto, welches von Ihnen gemacht wurde, als Sie aufs Schiff gekommen sind, tragen Sie diesen Anhänger.“

Bei meiner Erklärung schluckt sie und presst anschließend ihre Lippen fest aufeinander. Ich bin lange genug bei der Kripo, um zu erkennen, wenn jemand sich ertappt fühlt und angestrengt nach einer Ausrede sucht.

„Vielleicht habe ich ihn verloren“, sagt sie schulterzuckend. „Es war nur Modeschmuck, sonst wäre mir der Verlust schon aufgefallen.“

„Aber nun erinnern Sie sich an den Anhänger?“, hake ich nach.

„Wie gesagt, ich habe viele Ketten und kann mich nicht an jede Einzelne erinnern. Ich wähle sie einfach passend zu meinem Outfit aus.“

Ich hole das Foto von ihr aus meiner Tasche. Das habe ich mir ausdrucken lassen, weil ich schon damit gerechnet habe, dass die Frau versucht sich aus der Sache rauszureden. Als ich es ihr vor die Nase halte, verengen sich ihre Augen.

„Jetzt erinnere ich mich wieder. Den habe ich mir in einem kleinen Laden gekauft, kurz bevor wir aufs Schiff gegangen sind. Aber jetzt wo sie es sagen, ich habe die Kette nicht mehr gesehen. Vermutlich ist der Verschluss aufgegangen und ich habe es nicht bemerkt, als mir die Kette samt Anhänger runtergerutscht ist. Es war nur billiger Modeschmuck. Nichts Besonderes.“

Nun hat sie offensichtlich eine Erklärung und zugleich Ausrede gefunden, denn ich bin mir absolut sicher, dass sie uns gerade anlügt.

„Also geben Sie zu, dass sie diesen Anhänger aufs Schiff gebracht haben?“, hake ich sicherheitshalber nochmal nach.

Sie zuckt die Schulter und nickt abfällig.

„Können Sie uns dann auch erklären, warum sich in der Kapsel ein tödliches Gift befand?“

Bei meiner Frage weiten sich ihre Augen.

„Ich verstehe nicht“, murmelt sie kopfschüttelnd und offensichtlich ist sie eine gute Schauspielerin, denn ich nehme es ihr beinahe ab.

Dennoch glaube ich ihr nicht. Ich bin der Meinung, dass sie etwas mit dem Tod von Herrn Neubauer zu tun hat, auch wenn ich ihr Motiv noch nicht kenne.

„In der Kapsel, die Sie an einer Kette um den Hals getragen haben, befand sich das Gift an welchem ein Passagier hier an Bord gestorben ist“, erkläre ich und sehe sie dabei eindringlich an.

„Dann muss das jemand ohne mein Wissen in die Kapsel getan haben. Ich schwöre, dass ich davon nichts wusste“, versichert sie.

Rechts von uns geht eine Kabinentür auf und ein älterer Mann steckt seinen Kopf heraus. Seine Haare sind verwuschelt und in seinem Gesicht sieht man noch die Kissenabdrücke. Er ist also gerade erst aus dem Bett gestiegen.

„Können Sie sich nicht irgendwo anders unterhalten?“, fragt er vorwurfsvoll. „Manche versuchen hier zu schlafen.“

„Entschuldigen Sie bitte die Störung“, erwidert der Offizier. „Wir sind gleich wieder weg.“

„Das will ich hoffen“, knurrt der Mann, bevor er die Kabinentür wieder schließt.

„Wir können die Befragung hier nicht weiter machen“, flüstert er mir zu.

„Es ist besser, wenn Sie uns begleiten“, schlage ich vor. „Sicherlich gibt es auf dem Schiff einen Raum, in dem wir uns ungestört mit Frau Stein unterhalten können.“

Nun bekommt die gute Frau hektische Flecken. Nicht nur im Gesicht, sondern auch am Hals entlang, bis die Flecken unter dem Bademantel verschwinden. Wenn die nichts mit dem Tod von Herrn Neubauer zu tun hat, dann fresse ich den Besen!

„Soll das heißen, ich bin verhaftet?“, fragt sie aufgebracht.

„Natürlich nicht“, entgegnet der Offizier beschwichtigend.

„Aber wir müssen Ihnen wichtige Fragen stellen“, sage ich unnachgiebig und mit sehr ernster Miene.

„Also gut, kann ich mich noch kurz anziehen, oder soll ich Ihnen halb nackt durch das Schiff folgen?“, fragt sie vorwurfsvoll.

„Natürlich, wir warten hier“, entgegne ich.

„Wollen Sie mich jetzt wie eine Schwerverbrecherin behandeln?“, hakt sie mit finsterer Miene nach. „Sagen Sie mir einfach wo ich hinkommen soll, und dann treffen wir uns gleich dort!“

Der Offizier nennt ihr eine Kabinennummer und das dazugehörige Deck dazu. Frau Stein nickt knapp, bevor sie uns ihre Kabinentür vor der Nase zuschlägt.

Ungläubig sehe ich zu dem Offizier.

„Was soll das?“, frage ich ihn kopfschüttelnd.

„Was denn?“, erwidert er mit Unschuldsmiene. „Die Kabine, die ich ihr genannt habe, ist diese Reise über nicht belegt, da können wir sie in Ruhe befragen.“

„Aber wir können doch hier auf sie warten und sie dorthin begleiten.“

„Frau Stein ist ein Gast unseres Schiffes, und solange wir nicht beweisen können, dass sie irgendetwas Unrechtes getan hat, wird sie auch so behandelt. Wenn sie sich angezogen hat, dann kommt sie sicherlich gleich zum Treffpunkt.“

Mit diesen Worten dreht er sich entschlossen um und geht den langen Flur entlang. Ich folge ihm, auch wenn ich mit seiner Entscheidung nicht einverstanden bin. Was bleibt mir auch anderes übrig?

18. Kapitel

20. September, morgens halb neun mitten auf dem Meer

Vorwurfsvoll sehe ich den Offizier an, während ich ungeduldig mit meinen Fingerspitzen gegen das Holzimitat der Tischplatte unter meinen Händen klopfe.

„Wir hätten nicht ohne sie gehen sollen“, sage ich vorwurfsvoll.

„Sie kommt schon noch“, erwidert er, wobei ich ihm ansehe, dass er sich da auch nicht mehr so sicher ist. „Frauen brauchen doch immer etwas länger im Badezimmer.“

„Glauben Sie mir, bei Frauen, die des Mordes verdächtigt werden, gibt es eine andere Erklärung, wenn sie nicht aus dem Bad kommen“, erwidere ich.

„Sie denken doch nicht, dass sie sich vor uns versteckt?“

Bei seiner Frage sehe ich ihn ungläubig an. Schaut der Kerl keine Krimis?

Ich meine, ich verstehe es ja noch, dass er nicht genau weiß, wie die Ermittlungen ablaufen, aber zumindest sollte ihm klar sein, dass Verdächtige gerne mal abhauen.

„Vermutlich ist sie auf der Flucht“, erkläre ich ihm daher.

„Wir sind auf einem Schiff, sie kann nicht flüchten“, entgegnet er.

„Sind Sie ganz sicher, dass es keine Möglichkeit für sie gibt, das Schiff zu verlassen?“

Man kennt es ja aus Filmen, dass Täter so einiges bei ihrer Flucht schaffen. Sie bestechen oder bedrohen Leute damit ihre Flucht vor der Polizei gelingt. Vielleicht hat ja auch Frau Stein Kontakte, die sie von dem Schiff bringen könnten.

„Absolut sicher“, antwortet er entschlossen. „Dieses Schiff verlässt niemand, ohne dass wir etwas davon mitbekommen.“

„Dann versteckt sie sich vermutlich tatsächlich irgendwo“, murmle ich nachdenklich.

„Aber das würde dann ja bedeuten, dass die Frau schuldig ist“, sagt der Offizier.

Das hat ja jetzt wirklich lange gedauert, bis er sich das endlich eingestanden hat. Ich spare mir einen Kommentar und nicke ihm lediglich zu.

„Wie finden wir sie nun am schnellsten auf dem Schiff?“, hake ich nach.

„Das wird nicht einfach“, murmelt er nachdenklich. „Das Schiff ist verdammt groß, aber keine Sorge, spätestens wenn alle vom Schiff gehen, dann finden wir sie.“

„Wir müssen sie aber finden, bevor wir am Hafen ankommen. Ich möchte von ihr wissen, warum und wie genau sie Herrn Neubauer getötet hat."

Bei meiner Aussage presst er die Lippen aufeinander und runzelt die Stirn.

„Ich stelle ein Team zusammen. Wir müssen systematisch vorgehen", erwidert er.

„Allerdings sollten wir zuerst noch in ihrer Kabine nachsehen. Vielleicht hat sie sich ja einfach nochmal hingelegt und ist wieder eingeschlafen."

Wir machen uns auf den Weg zur Kabine von Frau Stein. Erneut klopft er gegen die Kabinentür und nach kurzer Wartezeit wiederholt er sein Tun. Als diese nicht geöffnet wird, zückt er seine Karte und öffnet die Tür.

So ein Generalschlüssel ist wirklich sehr hilfreich. Den würde ich mir manchmal auch für die Wohnungen unserer üblichen Verdächtigen wünschen. Das würde meinen Kollegen und mir eine Menge Arbeit ersparen.

Als wir die Kabine betreten, liegt der Bademantel von Frau Stein auf dem Bett. Die Schranktür steht einen Spalt offen und so wie es aussieht hat sie einen Teil ihrer Klamotten eingepackt.

Der Offizier klopft an die Badezimmertür, bevor er auch diese öffnet. Doch dort fehlt ebenfalls von Frau Stein jede Spur.

„Der Safe steht offen", informiere ich den Offizier, als ich einen Blick in den Schrank werfe.

Es gibt keinen Zweifel, dass Frau Stein Hals über Kopf alles eingepackt hat und verschwunden ist. Jetzt stellt sich natürlich die Frage, welchen Plan sie hat, um vom Schiff zu kommen.

„Wo könnte sie sein?“, frage ich den Offizier.

„Ich schicke den Suchtrupp los“, antwortet er und greift zu seinem Funkgerät.

Als er seine Kollegen informiert hat, wobei ich keine Ahnung habe, was genau er sagte, weil die Kommunikation der Crew untereinander in Englisch stattfindet, sehe ich ihn fragend an.

„Und was können wir tun?“, hake ich nach.

Ich kann mir beim besten Willen nicht vorstellen hier und jetzt nur Däumchen zu drehen und zu warten, bis irgendjemand die erlösende Nachricht überbringt, dass man sie gefunden hat.

„Wir können den Kollegen helfen, indem wir bei der Suche behilflich sind“, antwortet er.

„Ich bin dabei. Wo fangen wir an?“

„Die Crew untersucht vorwiegend die unteren Decks. Dort gibt es die besten Verstecke. Das Reinigungspersonal ist angewiesen die Kabinen zu durchsuchen. Doch vielleicht befindet sie sich ja direkt unter den Gästen in den öffentlichen Bereichen und hofft so nicht aufzufallen.“

„Dann durchsuchen wir die öffentlichen Gästebereiche?“, hake ich nach.

Er nickt mir zu.

„Teilen wir uns auf?“, erwidert er.

„Fangen wir in den Restaurants an?“, entgegne ich.

„Ja, sie gehen durch die Restaurants und ich sehe mir die Crewbereiche in den Restaurants an“, stimmt er zu.

Sofort mache ich mich auf den Weg. Die Restaurants befinden sich alle im hinteren Bereich des Schiffes. Daher muss ich mich nur von unten nach oben durcharbeiten. Gerade wird das Frühstück angeboten und da ich noch nichts gegessen habe, wird meine größte Hürde wohl sein, nicht schwach zu werden und meinen Hunger zu ignorieren. Die Arbeit kommt zuerst. Sobald wir die Frau gefunden haben, bleibt genug Zeit, um sich den Bauch vollzuschlagen.

Die gesamte Crew hält die Augen nach der Frau offen. Dennoch können sie natürlich neben ihrer Arbeit nicht auch noch jeden Gast ganz genau unter die Lupe nehmen. Ich hingegen nehme mir einen Teller und lege eine Scheibe Brot darauf, damit es so aussieht, als würde ich nach einem Platz suchen. Dabei sehe ich mir jeden einzelnen Gast genau an.

Ich glaube allerdings nicht, dass Frau Stein sich hier irgendwo versteckt. Nachdem ich drei der Restaurants durchhabe, treffe ich mich wieder mit dem Offizier, mit dem ich schon die ganze Zeit zusammenarbeite. Sieht nicht so aus, als hätte er mehr Erfolg gehabt, als ich.

Als er auf mich zukommt, schüttelt er den Kopf. Wusste ich es doch. Er hat sie auch nicht gefunden.

„Suchen wir weiter!“, sagt er und deutet mit dem Kopf zu der Treppe.

„Warten Sie, wir müssen mit mehr System vorgehen.“

Irritiert dreht er sich zu mir um. Seine Stirn liegt in Falten. Vermutlich fühlt er sich angegriffen, weil ich sein Vorgehen indirekt als unsystematisch bezeichne.

„Wir müssen uns in Frau Stein hineinversetzen“, erläutere ich ihm, bevor er mir meine Aussage noch verübelt.

„Und wie sollen wir das machen?“, hakt er nach.

„Wenn Sie in ihrer Situation wären, wie würden Sie das Schiff verlassen?“

„Na ja, ich bin da vielleicht nicht der richtige Ansprechpartner. Immerhin kenne ich das Schiff wie meine Westentasche“, erwidert er.

„Das stimmt, Sie sind dafür nicht gerade prädestiniert“, entgegne ich.

„Aber Sie sind das“, sagt er zu mir. „Sie sind zum ersten Mal Gast auf einem Kreuzfahrtschiff oder?“

Ich nicke ihm zu.

„Frau Stein war auch zum ersten Mal Gast. Zumindest bei unserer Reederei. Ich vermute sie hat auch nicht viel Erfahrung mit Schiffen. Also wie würden Sie vorgehen, wenn Sie das Schiff unbemerkt verlassen möchten?“

Das ist wirklich eine gute Frage!

19. Kapitel

20. September, vormittags halb elf mitten auf dem Meer

Ich habe wirklich absolut keine Ahnung, wie man von dem Schiff kommen könnte, oder wo man sich gut verstecken könnte. Wir suchen zuerst auf dem untersten Außendeck, um zu überprüfen, ob es vielleicht möglich wäre, einfach ins Wasser zu springen. Doch das ist definitiv keine Option, denn sogar dieses Deck befindet sich in schwindelerregender Höhe.

Man würde den Sprung ja vielleicht überleben, aber da wir uns mitten auf dem Meer befinden und weit und breit kein Land zu sehen ist, ist schwimmen auch keine Option.

„Also flüchten ist offensichtlich unmöglich. Daher bleibt nur das Verstecken“, murmle ich nachdenklich.

Welchen Ort auf diesem Schiff gibt es, der nicht oder zumindest kaum genutzt wird und trotzdem da ist?

Ich sehe mich auf dem Schiff um, als ich auf dem Außendeck stehe. Bei jedem meiner Schritte werde ich vom Offizier begleitet. Natürlich sieht er das

Schiff mit völlig anderen Augen, als die Gäste, einschließlich mir.

Seufzend stoße ich den Atem aus, als mein Blick auf die Rettungsboote fällt, die auf diesem Außendeck teilweise die Sicht versperren. Es dauert einen Moment, doch dann wird mir klar, dass diese Rettungsboote ein perfektes Versteck bieten. Sie werden nicht benötigt und nicht benutzt, es sei denn, es würde der Ernstfall eintreten und das Schiff würde sinken. Wenn ich mich verstecken müsste, würde ich es hier tun.

Da es gut möglich wäre, dass Frau Stein sich in einem der Boote befindet und ich sie nicht aufscheuchen möchte, solange nicht genug Leute hier sind, um alle Boote gleichzeitig zu untersuchen, deute ich mit dem Kopf zu den Rettungsbooten und hoffe, dass der Offizier mich auch ohne Worte versteht.

Es dauert eine Weile, doch dann weiten sich plötzlich seine Augen und er nickt mir zu. Mit einer Geste deutet er mir an, ihm zu folgen. Glücklicherweise führt eine Glasschiebetür ins Innere des Schiffes. Als diese sich hinter uns schließt, holt er sein Telefon aus der Hosentasche.

„Es gibt Rettungsboote auf der Steuerbord- und Backbordseite. Ich sorge dafür, dass wir genügend Leute haben, um alle Rettungsboote gleichzeitig zu durchsuchen“, sagt er, bevor er anfängt zu telefonieren.

Es dauert wirklich keine zwei Minuten, bevor ein Trupp von Sicherheitsleuten bei uns ankommt. Wir koordinieren kurz den Einsatz, wobei der Offizier meine Anweisungen übersetzt.

Angespannt sehe ich dabei zu, wie die Leute sich zu den Rettungsbooten begeben und diese öffnen. Es dauert nicht lange, bis die ersten Rückmeldungen kommen. Einer der Sicherheitsleute kommt aus dem hinteren Rettungsboot und schüttelt den Kopf. Nach und nach wiederholt sich dieser Anblick und ich stoße seufzend den Atem aus. Auf dieser Seite des Schiffes hat sich Frau Stein also nicht versteckt, dann bleibt nur noch die andere Seite.

Ich durchquere mit dem Offizier das Schiff, bis wir auf der anderen Seite wieder rauskommen. Genau in diesem Moment höre ich die bekannte Stimme einer Frau.

„Lassen Sie mich sofort los! Was erlauben Sie sich eigentlich!“, ruft sie aufgebracht.

Meine Mundwinkel heben sich, als einer der Sicherheitsleute mit Frau Stein im Schlepptau aus einem der Rettungsboote kommt. So wie es aussieht hat meine polizeiliche Spürnase mich nicht im Stich gelassen.

Kurz darauf sitzen wir mit Frau Stein in einer Kabine, die wir als Verhörraum nutzen können. Sie presst ihre Lippen fest aufeinander und vermittelt den Eindruck, dass sie für kein Gespräch bereit ist.

„Erklären Sie uns doch bitte einmal, warum Sie sich im Rettungsboot versteckt haben und was es mit der Giftkapsel um Ihren Hals auf sich hatte!", fordere ich sie auf.

„Ich habe mich nur versteckt, weil Sie mir diese Sache mit dem Gift anhängen wollen", brummt sie schließlich nach kurzem Zögern.

„Woher kannten Sie Herrn Neubauer?", hake ich nach, denn bisher wirkt sie nicht sehr gesprächsbereit, auch wenn ich schon froh bin, dass sie überhaupt mit uns spricht.

„Ich kannte ihn nicht", murmelt sie.

„Wissen Sie Frau Stein, ich bin pensionierter Polizist und habe mich mit meinen Kollegen in Verbindung gesetzt, um Sie von ihnen überprüfen zu lassen", erkläre ich ihr.

Ihre Augen weiten sich.

„Wenn Sie ein Geständnis ablegen, wirkt sich das strafmildernd für Sie aus. Wenn ich Ihnen jetzt allerdings erst alle Beweise unter die Nase reibe, dann ist ein Geständnis von Ihnen nicht mehr nötig."

Ich kann die Blicke des Offiziers spüren, die er mir von der Seite zuwirft. Leider ist er kein geübter Polizist, der meine Lüge nun unterstützen würde. Dafür bräuchte ich jetzt Hansi oder Simone. Die wüssten sofort, dass sie mitspielen müssten.

„Also gut, mein Freund war früher bei Herrn Neubauer als Gärtner angestellt. Allerdings hat Herr

Neubauer ihm unterstellt, er hätte ihn bestohlen. Daraufhin wurde er gefeuert."

„Dann wollte sich Ihr Freund an Herrn Neubauer rächen und hat Sie dafür benutzt?", hake ich ungläubig nach.

„Ich wusste wirklich nicht, dass sich in der Kapsel Gift befand", beteuert sie. „Mein Freund hat gesagt, es wäre einfach nur ein Betäubungsmittel, welches ich ihm als pflanzliches Wundermittel anpreisen soll. Ich habe mich bei ihm als Heilpraktikerin vorgestellt und ihm gesagt, er solle den Inhalt der Kapsel nach dem Abendessen in seiner Kabine einnehmen und sich schlafen legen. Herr Neubauer hatte chronische Knieschmerzen, das wusste ich von meinem Freund und er war für die Naturheilkunde sehr offen. Daher war es leicht ihn davon zu überzeugen, dass er das pflanzliche Pulver ausprobiert."

„Wo haben Sie Herrn Neubauer auf dem Schiff angesprochen?", fragt der Offizier neugierig.

„In der Sauna. Ich wusste, dass dort keine Kameras sind und wir somit nicht direkt miteinander in Verbindung gebracht werden. Sie müssen mir glauben, von dem Gift wusste ich wirklich nichts."

„Und der Safe?", hake ich nach.

„Mein Freund arbeitet an Bord als Animateur. Er hat den Safe geöffnet, als ich ihm erzählte, dass ich Herrn Neubauer die Kapsel übergeben habe", erklärt sie.

„Und das sagen Sie erst jetzt?“, frage ich aufgebracht.

Sie weicht meinem vorwurfsvollen Blick aus und sieht beschämt zu Boden.

„Wie ist der Name Ihres Freundes?“, hake ich nach.

Zögerlich sieht sie auf und für einen Moment habe ich die Befürchtung, sie könnte Ihren Freund weiter decken. Doch dann teilt sie uns doch noch den Namen mit und der Offizier neben mir greift sofort zu seinem Telefon, um den Mann festnehmen zu lassen.

„Bitte, ich wusste wirklich nicht, dass Gift in der Kapsel war. Mein Freund hat einfach nur gesagt, dass ich die Kapsel keinesfalls öffnen soll und sie nur mit Handschuhen anfassen darf. Er meinte auch, dass ich die Kapsel als Kettenanhänger ohne Probleme auf das Schiff bringe, ansonsten würden Sie mir das Betäubungsmittel abnehmen.“

Tränen laufen Frau Stein über ihre Wangen und in mir regt sich Mitleid. Ich glaube ihr, dass sie nichts von dem Mordvorhaben ihres Freundes wusste. Dennoch ist sie diejenige, die Herrn Neubauer das tödliche Gift ausgehändigt hat, und ihn mit einem Vorwand dazu brachte, dass er dieses zu sich nahm.

Natürlich weiß ich nicht, inwieweit ein Gericht sie verurteilen wird und wie hoch ihre Strafe ausfallen wird. Dennoch wird sie für Ihre Tat geradestehen müssen, genauso wie ihr Freund. Allerdings wohl nicht dafür, dass sie mir einen Großteil meines Urlaubs versaut haben.

Ich verlasse mit dem Offizier nach der Befragung die Kabine.

„Dann haben Sie den Fall tatsächlich noch aufgeklärt, bevor wir am Hafen anlegen“, sagt er sichtlich beeindruckt.

Mit stolz geschwellter Brust nicke ich ihm zu und werfe einen Blick auf meine Armbanduhr.

„Gerade noch so.“

„Der Freund wurde übrigens auch gerade gefasst und wird ebenfalls in eine Kabine eingesperrt, bis wir ihn am Hafen an die Polizei ausliefern können. Um alles weitere kümmern die sich dann. Sie sollten jetzt Ihren Urlaub genießen.“

„Das werde ich auch tun“, stimme ich ihm zu. „Zuerst gehe ich endlich was essen, denn ich bin kurz vorm Verhungern.“

20. Kapitel

20. September, mittags halb eins mitten auf dem Meer

Rosi, Hilde und Xaver leisten mir beim Mittagessen Gesellschaft. Ich bin völlig ausgehungert und mein Teller ist sehr gut gefüllt, als ich vom Buffet zurückkomme und mich zu ihnen an den Tisch setze.

„Und du musst nicht mehr bei der örtlichen Polizei aussagen?“, fragt Xaver mich. „Reicht es denn, wenn der Offizier der Polizei sagt, was die Frau ausgesagt hat?“

„Wir haben die Befragung und ihr Geständnis auf Video aufgenommen“, entgegne ich, nachdem ich meinen ersten Bissen runtergeschluckt habe. „Natürlich haben wir zuerst das Einverständnis der Frau eingeholt.“

Immerhin bin ich kein Dilettant und weiß, wie man ein Verhör führt. Zuerst hat sie sich ja geweigert, doch als ihr klar wurde, dass wir ansonsten noch weitere Sicherheitskräfte als Zeugen hinzuholen, war sie schließlich doch damit einverstanden.

„Dann können wir ja jetzt endlich unseren Urlaub gemeinsam genießen“, sagt Rosi sichtlich erleichtert.

„Ja, das können wir“, stimme ich ihr mit einem schiefen Lachen zu, bevor ich mir die nächste Gabel in den Mund schiebe.

Mir ist schon bewusst, dass meine Frau damit meint, dass wir nun endlich viel gemeinsam unternehmen können. Dabei schwirren ihr in erster Linie bestimmt die ausgedehnten Landgänge durch den Kopf, wohingegen meine Vorstellung von Urlaub mehr das leckere Essen an Bord dieses Schiffes ist.

„Sobald wir anlegen könnten wir von Bord gehen. Jetzt waren wir ja lange genug auf dem Schiff. Ich möchte endlich etwas von der herrlichen Gegend sehen“, schlägt Hilde vor.

„Das ist eine gute Idee“, stimmt meine Rosi ihr sofort zu, während Xaver nicht sonderlich begeistert aussieht.

„Bitte seid mir nicht böse, aber ich muss es heute noch etwas langsam angehen lassen. Ich musste heute Morgen so früh aufstehen und brauche jetzt erst etwas Erholung und Schlaf.“

Meine Frau verzieht missmutig das Gesicht und ich kann es ihr noch nicht einmal verdenken. Bisher habe ich während der Urlaubstage ja eher mit Abwesenheit geglänzt und jetzt vertröste ich sie erneut. Allerdings habe ich nach all dem Stress wirklich keine Lust auch noch stundenlang durch die Gegend zu laufen. Vor allem, da mich die ganzen Sehenswürdigkeiten sowieso nicht so recht interessieren.

Meine Vorstellung von einem entspannten Urlaubstag ist es nun einmal mich gemütlich auf eine Liege zu hauen und mir mit einem guten Essen und leckeren Getränken die Zeit zu versüßen.

„Was haltet ihr davon, wenn ich bei Karl bleibe und wir es uns heute noch gemütlich machen, während ihr beide euch in Ruhe die Stadt anschaut?“, schlägt Xaver vor.

„Das ist doch eine wirklich sehr gute Idee“, stimme ich ihm sofort zu, denn ich weiß, dass unsere Frauen davon sicherlich nicht sonderlich begeistert sind.

„Bis wir überhaupt mal Zeit miteinander verbringen ist der Urlaub um. Reicht es denn nicht, dass du trotz deiner Pension ständig im Revier bist, jetzt versaut uns deine Arbeit auch noch den ganzen Urlaub.“

Meine Rosi redet sich geradezu in Rage. Dabei dachte ich eigentlich, sie hätte mir die Sache längst verziehen und in Kauf genommen, dass meine Arbeit auch noch während meiner Pensionierung eine Rolle spielt. Offensichtlich habe ich mich da getäuscht. Zumindest was die Sache mit dem Urlaub betrifft. Wie es scheint, hat sie da erwartet, dass ich mich einfach ausklinke und den Fall anderen überlasse.

Aber mal ehrlich, ich bin durch und durch Polizist, seit vielen Jahrzehnten. Wie soll ich das denn einfach so abstellen?

Plötzlich sehe ich den Offizier, mit dem ich die ganze Zeit zusammengearbeitet habe, auf uns zukommen. Hoffentlich gibt es keine Zwischenfälle, die erneut meine Unterstützung benötigen. Meine Rosi reißt mir den Kopf ab und außerdem muss ich mich erst einmal ausschlafen.

„Herr Ramsauer, der Kapitän schickt mich“, erklärt er gutgelaunt. „Als Ausdruck seines Dankes, dass Sie uns so tatkräftig unterstützt haben, möchte er Sie und Ihre Begleiter heute Abend gerne zum Essen im Steakhaus einladen. Anschließend erhalten Sie noch eine Brückenführung, wenn Ihnen das zusagt.“

Sofort breitet sich auf dem Gesicht meiner Frau ein Strahlen aus und auch Hilde scheint von dem Vorschlag begeistert zu sein. Da sieht man mal wieder, ich hatte die Arbeit und die anderen ernten die Früchte.

„Dürfen wir auch mit auf die Brücke?“, hakt meine Frau aufgeregt nach.

Rosi war schon immer ein sehr interessierter Mensch. So wundert es mich nicht, dass die Vorstellung, dass sie exklusiven Zutritt auf die Brücke eines Kreuzfahrtschiffes erhält, ihr überaus zusagt. Offensichtlich gibt es doch einen Weg das Gemüt meiner Frau mir gegenüber wieder milde zu stimmen.

„Natürlich, Sie sind alle herzlich eingeladen“, erwidert der Offizier.

Er wirft mir einen Blick zu und ich nicke dankbar. Er hat keine Ahnung, welch großen Gefallen er mir gerade getan hat.

„Passt Ihnen achtzehn Uhr?“

„Das passt uns ausgezeichnet“, sagt Rosi aufgeregt. „Bis dahin kann sich mein Mann noch von all den Anstrengungen erholen.“

Sie legt rücksichtsvoll ihre Hand auf meinen Unterarm und mit einem Mal ist es für sie in Ordnung, dass ich den Landgang heute ausfallen lasse.

Als der Offizier unseren Tisch wieder verlassen hat, entfernt Rosi ihre Hand von meinem Arm und wendet sich Hilde zu.

„Mein Gott, das ist ja so aufregend.“

„Weißt du was, wir gehen jetzt gleich von Bord, aber nur für zwei oder drei Stunden, damit wir noch genügend Zeit haben, um uns richtig schick zu machen für das Käpt'ns Dinner.“

Ich wechsle mit Xaver einen amüsierten Blick, als unsere Frauen sich aufgeregt von uns verabschieden. Offensichtlich hat auch Hilde nichts mehr dagegen, dass Xaver und ich uns einen entspannten Nachmittag an Bord machen.

„Das lief ja besser als gedacht“, sagt Xaver und lehnt sich in seinem Stuhl genüsslich zurück.

„Sehe ich genauso“, stimme ich ihm zu und stehe auf. „Ich hole mir noch eine Nachspeise.“

Jetzt, da meine Frau auf Landgang ist kann ich in Ruhe schlemmen und mir den Bauch so richtig vollschlagen. Anschließend setze ich mich an die Bar und gönne mir ein Bier, bevor ich mich für ein Schläfchen in die Kabine zurückziehe.

„So eine gönne ich mir auch noch“, entgegnet Xaver und folgt mir zum Buffet.

Dort angekommen lade ich mir meinen Teller erneut schön voll. Da die verschiedenen Nachspeisen in kleine Gläschen gefüllt wurden, kann man mehrere durchprobieren. Außerdem gibt es noch eine Eistheke. Kurz überlege ich, ob ich dem netten Angestellten, der das Eis ausgibt, noch bitte mir zwei Kugeln in eine Schüssel zu geben. Aber dann beschließe ich erst die Nachspeisen zu essen und wenn dann wirklich noch etwas in meinem Magen Platz hat, nochmal an der Eistheke vorbeizuschauen.

Gemütlich sitze ich anschließend mit Xaver zusammen am Tisch und lasse es mir schmecken.

„Was zieht man denn zu so einem Käpt'ns Dinner an?“, fragt Xaver mich.

„Keine Ahnung, ganz normal denke ich.“

„Gut, denn einen Anzug habe ich nicht eingepackt“, erwidert er.

„Ja denkst du ich?“, entgegne ich. „Ich hasse Anzüge, da werde ich ganz sicher im Urlaub keinen tragen.“

Ich muss ja zugeben, dass ich schon etwas stolz auf mich bin. Immerhin habe ich den Fall mehr oder weniger alleine gelöst. Ja gut, das ist wohl etwas übertrieben. Natürlich hatte ich Hilfe. Aber ich war schon stark daran beteiligt, die Täter ausfindig zu machen. Somit kann ich meiner Frau und unseren Freunden eine Brückenführung ermöglichen.

Wenn ich das Hansi und Simone erzähle, werden die beiden ganz schön Augen machen. Somit habe ich mal wieder bewiesen, dass man nur weil man in Pension ist, noch lange nicht zum alten Eisen gehört.

ENDE

Impressum

Elisa Lark
c/o Werneburg Internet Marketing und Publikations-Service
Philipp-Kühner-Straße 2
99817 Eisenach

E-Mail: elisa-lark@freenet.de

Vielen Dank,

für den ehrlichen Erwerb meines Buches. Ich hoffe die Geschichte um den pensionierten Polizisten Karl Ramsauer hat dir gefallen.
Falls dem so ist, würde ich mich sehr freuen, wenn du dir die Zeit nehmen würdest eine Rezension zu schreiben.

Deine Elisa Lark

Glossar

Kanapee:	Sofa, Couch
Krautwickerl:	Kohlrouladen
Hamperer:	Nichtsnutz
lagg:	abgestanden
Diandl:	Mädchen
Schwammerlsuppe:	Pilzsuppe
Batz:	Dreck
Bissgurke:	anstrengende, nervige Frau
Preiß:	Menschen, die nicht bayrisch sprechen oder nicht aus Bayern kommen
Hallodri:	Weiberheld, hinter jedem Rock her
Sulze:	gebratenes kaltes Fleisch in saurem Gelee

Hundstage:	Tage, an dem es einem schlecht geht
Spezi:	Freund, Kumpel
Watterer:	Kartenspiel
ausschoffen: (Watten)	Spielzug beim Kartenspiel
Hagelstegga:	Gehstock

Wenn ihr wissen wollt, ob der Ramsauer weiterhin auf Verbrecherjagd geht, dann haltet die Augen nach seinem nächsten Fall offen. Infos und Neuigkeiten gibt's auf meiner Facebook-Seite.

Das Böse schläft nie …

In diesem Sinne, bis zum nächsten Mal!

Printed in Poland
by Amazon Fulfillment
Poland Sp. z o.o., Wrocław

41365890R00077